Mord im Bonner
"Regierungsviertel"

Kollege Weihnachtsmann

AF187111

Rhein-Sieg-Kreis Krimi

Mord im Bonner

"Regierungsviertel"

Kollege Weihnachtsmann

Der fünfte Fall von Kommissarin Thekla Sommer

© **Kersten Wächtler**

www.rsk-krimi.de

Bibliografische Information der Deutschen Nationalbibliothek:
Die Deutsche Nationalbibliothek verzeichnet diese Publikation in der
Deutschen Nationalbibliografie;
detaillierte Daten sind im Internet über
http://dnb.dnb.de
abrufbar

1. Auflage

erschienen Dezember 2019

Copyright © 2019 Kersten Wächtler
Coverbild © Pixabay
Herstellung und Verlag: BoD – Books on Demand, Norderstedt
ISBN: 9783750429581

Alle Personen und Tathergänge sind frei erfunden.

Ähnlichkeiten mit lebenden oder toten Personen sind rein zufällig.

Erstes Kapitel

Es war einer dieser kalten Dezembertage eines Jahres, kurz vor Weihnachten, an denen man nicht so genau wusste, ob man sich aus dem Bett schälen sollte, um zur Arbeit zu gehen oder sich lieber wieder in die wohlig warme Decke einmummelt und sich später krankmeldet. Sofern man diese Möglichkeit hatte, konnte man sich an so einem Tag auch zur Telearbeit anmelden. In dieser Nacht war es sehr kalt aber nicht so kalt, dass die Scheiben am Auto freigekratzt werden mussten, jedoch kalt genug, eine weiße Decke über das Rheinland und Bonn, zu legen. Es hatte einige Stunden geschneit und die unberührte Schneedecke gab Kindheitserinnerungen frei. Was war das damals doch schön, als Kind unbeschwert die Vorweihnachtszeit zu genießen, im Schnee herumzutollen, Schneemänner zu bauen und anschließend heißen Kakao bei Mama zu trinken, in der vom Backen aufgeheizten, wohlriechenden Küche.

Wilhelm Wichtig, ein Sicherheitsmitarbeiter eines Kölner Wach- und Sicherheitsdienstes hatte gerade seinen Frühdienst begonnen und war auf seinem Rundgang durchs Haus gegangen. Er und seine Kollegen waren nicht nur für die aktive Sicherheit des Gebäudes und der Institution durch intensive Zutrittskontrolle, eintretender Mitarbeiter und Gäste zuständig, sondern ebenfalls für die passive Sicherheit durch regelmäßige Kontrolle der Brand- und Einbruchmeldeanlage, sowie der entsprechenden Vorrichtungen im gesamten Haus. Auf diesem Rundgang war er gerade in der obersten Etage eines der, in der Skyline Bonns zu sehenden Hochhäuser im Regierungsviertel, angekommen. Er schaute aus dem Fenster des Flures und bewunderte die weiße Pracht, die der Schnee gelegt hatte. Insbesondere gefiel ihm der, auf der anderen Seite des Rheins gelegene Höhenzug des Siebengebirges, der wie mit Puderzucker bestreut, im aufgehenden Sonnenlicht schimmerte. Auch die vereinzelt zwischen den Bürokomplexen stehenden Ein- und Zweifamilienhäuser gefielen ihm, von hier oben betrachtet. Plötzlich fielen ihm, in etwa achtzig Meter Entfernung, zwei Weihnachtsmänner auf. Sie kamen von der Rückseite des kleinen Hauses, in der sich auch eine Bankfiliale befand. Beide trugen Jutesäcke über der Schulter und schienen es mächtig eilig zu haben. Sie liefen in Richtung des Rheinau Geländes, einem zur

8

Bundesgartenschau im Jahre 1979 errichteten Geländes
zwischen dem "langen Eugen", dem ehemaligen
Abgeordnetenhochhaus und der "amerikanischen
Siedlung", eine damalige Siedlung für amerikanische
Diplomaten. Das riesige Gelände von etwa
Einhundertfünfundzwanzig Hektar wurde damals für etwa
einhundert-dreißig Millionen D-Mark gekauft und vom
Bund, dem Land NRW und der Stadt Bonn finanziert.
Hier entstand anlässlich der Bundesgartenschau ein Park
mit neunundzwanzig Kilometern Wegenetz und etwa
sechstausend-fünfhundert Bäumen sowie etwa
zweihundert-fünfzigtausend Frühjahrsblumen aus
dreihundert-neunundzwanzig Sorten.

In Richtung dieses großen Geländes, das direkt an den
Rhein grenzt, liefen die beiden, als Weihnachtsmänner
verkleideten Gestalten.

Nur zwei Minuten später sah Wichtig, wie mehrere
Streifenwagen mit eingeschaltetem Martinshorn und
Blaulicht an der Ecke anhielten, an der die Bank
untergebracht war und die beiden beobachteten Männer,
herkamen. Wilhelm Wichtig informierte seinen Kollegen
an der Pforte über seine Beobachtung und dass er sich nun
sofort bei der Polizei als Zeuge melden wolle, um seine

Beobachtung zu schildern.

Als er die etwa achtzig Meter zurückgelegt hatte, waren auch noch zwei Notarztwagen eingetroffen.

Wichtig wollte das gespannte Flatterband hochheben, um zu den Beamten zu gelangen.

»Halt«, hörte er jemanden rufen, »sehen Sie nicht, dass hier eine Polizeiabsperrung ist? Steht doch auf dem Band«.

»Ich wollte doch nur eine Beobachtung schildern, die Ihnen hilfreich sein könnte«.

Der Beamte erkannte die Uniform eines Wachdienstes und ging zu Wichtig hin.

Nachdem er alles erzählt hatte, meldete der Beamte alles seinem Vorgesetzten, der wiederum drei Kollegen in Richtung des Rheinau Park's schickte. Auch wurde die Leitstelle informiert, die eine Nahbereichsfahndung auslöste.

»Was ist denn passiert? « fragte Wilhelm Wichtig neugierig.

»Versuchter Banküberfall mit einem Toten«, erklärte er kurz. Nachdem er die Personalien des Zeugen aufgenommen hatte, schickte er ihn nun wieder an die Aufgaben an der Pforte, seines Auftraggebers.

»Alles so belassen, wie vorgefunden. Keine weitere
Untersuchung der Tatumstände oder des Fundortes. Wir
müssen die Sache an eine andere Dienststelle abgeben.
Der Polizeipräsident hat das angeordnet, weil alle
Kollegen der Bonner Mordkommission mit zu vielen
anderen Fällen betraut sind. Es hatte in den letzten zwei
Tagen sieben Tötungsdelikte gegeben, die von vier
Ermittlungsteams bearbeitet wurden, die aber
krankheitsbedingt dezimiert waren. Die Kölner sind im
Moment durch die laufenden Messeeinsätze überlastet.
Die Siegburger sind informiert und werden übernehmen.
Auch wenn es draußen sehr kalt ist, - bleibt bitte vor Ort,
bis die Kollegen aus Siegburg eingetroffen sind. Danke
und Ende«.

*

Die Siegburger Kommissarin der Mordkommission,
Thekla Sommer, die zwischenzeitlich zur Leiterin der
Dienstgruppe II ernannt wurde, räumte gerade die
Überreste, der am Vorabend stattgefundenen
Geburtstagsparty ihres Sohnes David, auf. Er hatte nicht

bei seinem Vater in Kaldauen, bei dem er seit einiger Zeit wohnte, feiern wollen, weil dort im Moment "dicke Luft" war. Der Vater hatte sich mit seiner Freundin, Doris Kaminski, der Mutter von David's Freundin Jana, zerstritten. Deshalb hatte Thekla sehr gerne ihr Wohnzimmer für die zehn jungen Partygäste zur Verfügung gestellt. Thekla selbst war mit ihrem Freund und Arbeitskollegen Robert Hanf, ins Kino gegangen. Sie wollten die jungen Leute alleine feiern lassen. Außerdem war es mal wieder an der Zeit, sich im gemütlichen Cineplex, am Siegburger Bahnhof, mit dem Film "Vom Winde verweht" mal wieder in alte Zeiten zurückzuversetzen. Robert mochte diese alten Schinken nicht, doch Thekla setzte sich durch und litt mit Scarlett O´Hara, als sich diese unsterblich in den Soldaten Ashley verliebte, der jedoch seine Cousine Melanie heiratete.

Als Thekla und Robert dann gegen Mitternacht nach Hause kamen, waren die Gäste, David und Jana nicht mehr da. Zwar hatten sie Teller, Gläser und leere Flaschen, unaufgeräumt hinterlassen aber für Thekla war das überhaupt kein Problem. Hauptsache war, ihr Sohn hatte bei ihr gefeiert und die Nähe seiner Mutter gesucht, anstatt sich in irgendeiner Spelunke mit den Jungs zu treffen.

»Da wir heute nicht zur Dienststelle gehen und stattdessen unsere Überstunden abbummeln, kommt mir der Gedanke, ich könnte eine von den blauen Pillen ausprobieren, die ich mal von Klaus, scherzhafterweise, geschenkt bekommen hatte. Nur, - dann kommen wir heute nicht mehr aus dem Bett«, Robert lächelte schelmenhaft, »dann bin ich Dein Ashley und Du meine Scarlett«, fügte er hinzu.

Thekla warf ihm ein Kissen zu, das sie gerade auf die Ledercouch legen wollte.

»Wir müssen hier erst einmal aufräumen und "Klar Schiff" machen, dann können wir gerne darüber nachdenken aber dieses "Viagra" nimmst Du nicht. Wer weiß, aus welchen dubiosen Kanälen das kommt und außerdem reicht mir Deine natürliche Manneskraft voll aus.

Stolz richtete sich Robert auf und postierte sich mit stolzer Brust.

Als das Handy klingelte und Thekla auf's Display schaute, meinte sie ziemlich genervt:

»Oh nein, nicht schon wieder ein Einsatz« und zu Robert gewandt meinte sie nur, »Alfred Bollenkamp«. Sie verdrehte die Augen und nahm das Gespräch an.

»Guten Morgen Fred« sagte sie betont freundlich, »na, so früh schon auf den Beinen? «

»Was heißt hier früh, schau mal auf die Uhr, es sind gleich halb zehn«.

»OK Fred, war auch nur als Scherz gemeint. Was gibt es denn? «

»Wir müssen heute mal etwas Spezielles übernehmen. Es ist in Bonn ein Tötungsdelikt in einer Bankfiliale im Regierungsviertel passiert, als die Bank öffnen wollte. Die Bonner Kollegen sind jedoch hoffnungslos mit anderen Fällen der letzten zwei Tage überlastet und fragten bei uns um Amtshilfe an. Da wir hier im idyllischen Rhein-Sieg-Kreis eine nicht so hohe Rate an Tötungsdelikten haben und von meinen drei Ermittlungsgruppen derzeit nur eine eingebunden ist, habe ich kurzerhand den Bonnern unsere Hilfe zugesagt. Da Du die Leiterin der Dienstgruppe II bist, habe ich Dich und Dein Team, den Bonnern zugesagt. Ich versicherte, dass wir helfen und den Fall übernehmen«.

»OK Fred, wir machen uns sofort auf den Weg nach Bonn. Wir sind noch zu Hause. Es wird aber schnell gehen«.

»Lieber nicht so schnell dorthin, Thekla. Die anderen, Sybille, Lisa und Peter sind bereits informiert und auf dem Weg hierhin. Ich möchte, dass Ihr den Dienstwagen, unseren Mercedes, nehmt. Wir wollen doch ein wenig Eindruck vor den Bonnern machen. Da kommt so ein Twingo, wie Du ihn hast, nicht so gut«.

»Wie Du meinst, Fred. Wir sehen uns im Präsidium«.

Lisa kam mal wieder als Letzte in die Räumlichkeiten der Mordkommission, auf der Frankfurter Straße in Siegburg, an. Irgendwie schaffte es die Kommissar Anwärterin nicht, ihr Zeitmanagement so anzupassen, dass keine oder nur eine kleine Lücke entstand. Sie hatte am gestrigen Abend die Bekanntschaft einer gleichaltrigen Studentin der Psychologie gemacht und sich mit ihr nach einem Besuch verschiedener Siegburger Lokalitäten, am heutigen Morgen, in Lisas Bett wiedergefunden. Lisa mochte zwar den Sex mit richtigen Kerlen ihres Alters, jedoch ab und an war bei ihr auch gleichgeschlechtliches Beisammensein angesagt. Das war bereits seit ihrer Gymnasialzeit so, wie übrigens bei vielen jungen Frauen dieser Generation. Davon war Lisa jedenfalls überzeugt.

15

*

»Was habe ich da nur angestellt?« dachte sich Michelle
Hartmann, die im gleichen Haus eine Wohnung im
Dachgeschoss gemietet hatte, in der am Morgen die Bank
überfallen wurde und zwei Menschen um's Leben kamen.
Sie war am Tag zuvor auf einer Weihnachtsfeier ihrer
Abteilung im Nikolauskostüm erschienen, um den
Kollegen und Kolleginnen die Geschenke zu überreichen.
Diesmal war die Feier in einer kleinen Pizzeria in der
Bonner Innenstadt. Als sie auf dem Weg nach Hause war,
hatte sie die beiden Weihnachtsmänner kennengelernt, die
im Regierungsviertel, auf der Heussallee, waren.
Kurzerhand griff sie lachend nach der Flasche, die ihr als
"Weihnachtskollegin" gereicht wurde. Es war zwar
scharfer Schnaps, jedoch bei der Kälte mit recht
angenehmer Wirkung. Die zwei Männer waren angeblich
auch gerade von einer Bescherung gekommen und so
beschlossen alle, irgendwo im Regierungsviertel noch
etwas zu trinken. Die Restaurants, die in Frage kamen,
waren überfüllt also beschloss Michelle, dass man bei ihr
weiterfeiern solle. Dass die zwei sich als widerliche Kerle

entpuppen würden, konnte sie nicht ahnen. Als alle bereits einiges an Alkohol konsumiert hatten und sich Michelle weigerte, die sexuellen Berührungen gefallen zu lassen, wurde sie gefesselt und mehrfach brutal vergewaltigt. Anscheinend warteten die Kerle am nächsten Morgen auf die Bankangestellten, um sich den Weg in die Bank zu ermöglichen. Dabei hatte es sich ergeben, dass einer der Beiden, der Leiter der Bank, erschossen wurde, als er sich weigerte, die Türe zu öffnen. Wie sollte sie dies alles der Polizei glaubhaft schildern, wenn sie befragt werden würde? Sie hatte es nach langer Zeit geschafft, die Fesseln zu lockern und abzulegen. Voller Ekel über das Erlebte, duschte sie über eine Stunde, wusch sich mehrfach die Haare und versuchte allen Schweiß und Sperma der Kerle aus allen Öffnungen herauszuspülen. Zum Schluss saß sie weinend und völlig entkräftet in der Duschwanne und ließ das Wasser einfach über ihren Kopf laufen. Sie wusste, dass sie es nicht ungeschehen machen könnte, aber wenigstens die Schande, die sie erlitten hatte, wollte sie sich abwaschen.

Thekla fuhr, mit dem Kollegen Hanf, Ludwig, Salz und Drollig in dem Dienstwagen, den normalerweise

Alfred Bollenkamp, als Leiter der Mordkommission fuhr,
wenn er zu Besprechungen beim BKA oder dem
Ministerium musste. Sie steuerte den Wagen von Siegburg
aus über die A 560 auf die Flughafenautobahn in Richtung
Königswinter, um die Südbrücke in Richtung Rheinaue,
zu nehmen.

»Warum heißt es eigentlich "Regierungsviertel" wo wir
hinmüssen? Die Regierung ist doch schon seit über
fünfundzwanzig Jahren in Berlin«, fragte Lisa.

Robert erklärte:

»Weil das hier früher der Sitz der Regierung war, als
Bonn noch Bundeshauptstadt war. Hier waren Bundestag
und Bundesrat. Hier war der Plenarsaal im alten
Wasserwerk und das Auswärtige Amt, sowie alle großen
Parteien ansässig. Die CDU im Hochhaus neben der
britischen Botschaft, dort wo jetzt die Telekom ihr
Domizil hat, die SPD in der sogenannten SPD-Baracke,
dem Ollenhauer Haus, dort wo jetzt diese riesige
italienisch angehauchte Franchise Kette ihren Hauptsitz
hat, wo man sich für sein Essen mit Tablett anstellen
muss, um es sich selber an den Tisch zu bringen. Die FDP
residierte auf der Baunscheidtstraße und viele
Presseagenturen im Tulpenfeld, einem auch heute noch

unter Denkmalschutz stehendem Karree von acht großen Bürohäusern. Damals gab es auch noch das "Bonn Center", das einst gebaut wurde um in- und ausländischen Gästen der Bundesregierung, als Anlaufstelle zu dienen. Dort war seinerzeit das Steigenberger Hotel untergebracht. Ein Hochhaus mit 18 Etagen«.

»Sehr beeindruckend, was Du alles weißt. Dabei wollte ich doch nur wissen, warum…«

»Weil das in den Bonner Köpfen so verankert ist und das halt auch eine Art "Kultur" ist«, unterbrach sie Robert.

»Wir sind da. Nun hört auf, Euch zu kabbeln und macht einen guten und professionellen Eindruck. Also los Leute, ans Werk«.

Thekla öffnete die Tür und stieg, den Kollegen der Bonner Polizei entgegenlächelnd, aus dem Auto. Die anderen folgten ihr. Als Sabine Salz, die als Letzte aus dem Auto stieg, auf die verschneiten und gefrorenen Platten des Gehwegs trat, rutschte sie aus und fiel hin. Im Fallen drehte sie sich, wie in Übungen immer wieder erlernt, zur Seite. Dies hatte zur Folge, dass sie auf ihre linke Seite fiel, aber unglücklicherweise hatte sie dort, im Schulterholster, ihre Waffe stecken. Es geschah so unglücklich, dass sie auf die Waffe fiel und sich somit die Rippen prellte. Ihr blieb zuerst die Luft weg, ehe sie einen spitzen und fluchenden Schrei von sich gab. Die zu Hilfe gekommenen Kollegen wollten sie zwar hochheben aber Sybille lehnte dies, wegen der starken Schmerzen ab. Thekla orderte sofort einen Krankenwagen, da sie vermutete, es könnten Rippen gebrochen oder angebrochen sein.

»Dies ist eine reine Vorsichtsmaßnahme«, sagte sie zu Sylvia, »wir sind im Dienst und ich muss mich absichern, dass hier nichts Schlimmeres passiert ist. Auch wenn Du jetzt einige Zeit ausfallen solltest, mach Dir keine Sorgen und werde erst einmal wieder schmerzfrei«.

Der Krankenwagen brauchte keine zwei Minuten bis zum Eintreffen, da das Johanniter Krankenhaus nur wenige hundert Meter vom Unfallort entfernt war. Sybille wurde vorsichtig auf die Trage gelegt und abtransportiert.

»So schnell kann das gehen«, sagte Robert, »aber wir sind ja immer noch eine starke Truppe«.

Thekla ging mit ihrer Truppe in Richtung des Einsatzleiters und hielt ihm die Hand entgegen.

»Thekla Sommer, Einsatzgruppenleiterin Mordkommission Siegburg. Wir sind hier bei Euch wegen

Personalknappheit angefordert. Das sind meine Kollegen«, Thekla zeigte auf die Drei, hinter sich.

»Ja, ich weiß Bescheid. Wegen Euch konnten wir uns hier in der Kälte aufhalten, bis Ihr endlich mit Eurem Luxusschlitten mit guter Heizung, eingetroffen wart. Ist das Navi kaputt oder warum hat das so lange gedauert?« Er nickte den Siegburger Kollegen zu, drängte sie aber dazu, endlich ins Haus zu gehen, um ihnen dort alles Nötige an Informationen, zu übergeben.

»Also, hier die Dame kam mit dem Toten, wie jeden Morgen durch die Haustüre, um die Bank durch den Nebeneingang, der hier von dem Flur abgeht, zu betreten. Plötzlich standen zwei Weihnachtsmänner, - ja gucken Sie nicht so, - es waren Weihnachtsmänner hinter ihnen und drohten mit einer Waffe. Der Leiter der Bank drehte sich in Richtung der Männer und wollte, wie lebensmüde kann man nur sein, dem Weihnachtsmann mit der Waffe, seinen weißen Rauschebart, der als Vermummung dienen sollte, runterziehen. Es kam zum Gerangel und der tödliche Schuss fiel. Voller Panik drehten sich die beiden Weihnachtsmänner um und flüchteten, ohne Beute«.

»Haben Sie einen der Männer erkennen können? « fragte Thekla, die Bankangestellte.

21

»Nein«, sagte diese, »ich war viel zu aufgeregt und habe immer nur zu Boden geschaut. Ich habe nichts gesehen. Vor allem, als der Schuss fiel, war ich in Panik und hatte geglaubt, jeden Moment trifft es auch mich«.

Der Notarzt, der die Frau untersucht hatte, kam hinzu.

»Wie geht es Ihnen jetzt? Hat die Beruhigungsspritze geholfen? «

»Ja, ja, die Polizei befragt mich gerade, aber es geht schon«, sagte sie.

»Aber bitte nicht so lange«, sagte der Notarzt, in Richtung Thekla, »die Frau braucht dringend Ruhe und Erholung«.

»Wo geht's denn hier noch hin«, Thekla zeigte durch den Flur in Richtung der Treppe, die nach oben führte.

»Im Obergeschoss sind noch Büros und diverse Aufenthaltsräume der Bank und unterm Dach wohnt eine junge Frau«, sagte die Bankangestellte.

»OK«, sagte Thekla nach einer Weile, »gehen Sie nach Hause und erholen sich. Wir werden Sie morgen oder übermorgen aufsuchen, um Ihnen noch einige Fragen zu stellen. Bitte lassen Sie Ihre Personalien hier«.

»Die haben wir schon lange, oder glauben Sie, wir arbeiten hier anders als Ihr in Siegburg? «

Thekla tat, als hätte sie den abschätzigen Unterton nicht gehört. Es schien dem Streifenbeamten nicht zu gefallen, dass Kommissare aus einem anderen Dienstbezirk, die Ermittlungen übernommen hatten. Den erfahrenen Beamten aus Siegburg gefiel es aber ebenso wenig, sich als Eindringlinge zu fühlen. Die "oberen Etagen" hatten das alles zu verantworten. Thekla und ihre Dienstgruppe II, waren nur die Ausführenden.

»Gut«, sagte Thekla an ihre Kollegen gewandt, »gehen wir mal nach oben und schauen, ob sich im Dachgeschoss jemand befindet«.

»Da waren wir doch auch schon«, meinte der mürrische Bonner Beamte, »da hat auf unser Geklopfe niemand die Türe geöffnet«.

»Mir war aber so, als hätte ich eben Wasser laufen gehört. Wir gehen lieber mal nach oben und überzeugen uns selbst«, meinte Thekla.

Nach zweimaligem Klingeln ging ganz langsam und vorsichtig die Türe auf. Thekla blickte in ein völlig verweintes Gesicht einer Frau, die ihr Badetuch um ihren nackten Körper geschlungen hatte. Augenscheinlich kam sie gerade aus dem Badezimmer.

»Guten Tag, mein Name ist Thekla Sommer und das ist

23

mein Kollege Robert Hanf. Wir sind von der
Kriminalpolizei Siegburg. Hier im Haus ist etwas passiert,
zu dem wir Sie gerne befragen möchten. Dürfen wir
reinkommen? «

Die junge Frau schaute sehr verängstigt zu Thekla,
dann zu Robert und die, am Fuße der Treppe stehende
Lisa Drollig. Dann nickte sie und flüsterte schluchzend:

»OK, Sie und die Frau da unten können gerne rein, er«,
sie zeigte auf Robert, »bitte nicht«.

Thekla schaute Robert an. Sie ahnte bereits durch ihre
überaus empathische Art, dass auch hier etwas Schlimmes
vorgefallen sein musste. Sie winkte Lisa herauf.

»Das ist vollkommen in Ordnung«, redete Thekla nun
behutsam auf die junge Frau ein, »vielen Dank«.

Sie schob Lisa vor sich her in die Wohnung und
schloss dann hinter sich, nachdem auch sie die Wohnung
betreten hatte, die Türe.

Michelle Hartmann führte die beiden Kommissarinnen
in die Küche. Sie konnte nicht ins Wohnzimmer gehen, da
sich die abscheulichen letzten Stunden dort abspielten.

»Frau Hartmann«, begann Thekla ganz vorsichtig die
Befragung, »die Bank unten im Haus wurde überfallen,
dabei wurde der Leiter der Bank erschossen. Haben Sie

24

davon etwas mitbekommen? «

Die immer noch im Badetuch eingehüllte junge Frau schüttelte verängstigt den Kopf.

»Darf ich mir gerade etwas anziehen? Ich komme gerade aus der Dusche«

»Natürlich, - aber sagen Sie, Sie wirken sehr zögerlich, ja sogar eingeschüchtert auf mich. Ist etwas vorgefallen, was Sie uns sagen möchten? Warum baten Sie darum, dass mein männlicher Kollege nicht in die Wohnung kommen solle? «. Thekla ahnte bereits dass etwas einschüchterndes vorgefallen war, konnte dies aber nicht als gegeben voraussetzen.

Frau Hartmann ging, wie in Trance in Richtung Türe.

»Frau Hartmann? « Thekla sprach nun lauter und energisch.

Tränen rannen der Frau über die Wangen, als sie sich umdrehte. Als sich die Blicke trafen fing sie sogar an, bitterlich zu weinen und zu schluchzen. Sie kam zurück zum Esstisch und stützte sich zuerst auf dem Tisch ab, bevor sie sich auf den Stuhl fallen ließ. Dabei löste sich der Knoten des Badetuchs und es fiel zu Boden. Der nackte Körper der Frau zeigte einige Blessuren, große blaue Flecken, Schürfwunden und von dem Seil, mit dem

25

sie an der Couch festgebunden wurde, rot und blau
unterlaufene Striemen.

»Was ist passiert? « fragte Thekla nun noch einmal
nach.

Michelle Hartmann erzählte unter Tränen was
vorgefallen war. Von dem zufälligen Treffen der
Weihnachtsmänner, vor ihrem Haus, dem Angebot, noch
irgendwo etwas trinken zu wollen, ihrer Gutmütigkeit, die
Männer mit in ihre Wohnung zu nehmen und dort noch
etwas zusammen zu feiern und der anschließenden
Schmach der Vergewaltigungen.

Thekla wies Lisa an, sofort nachzuschauen, ob der
Notarzt noch im Hause sei. Ansonsten solle sie umgehend
einen Notarzt anfordern. Auch die Spurensicherung müsse
nun nochmals angefordert werden, um den Tatort in der
Wohnung auf Spuren hin, zu untersuchen. Es handelte
sich wahrscheinlich um die gleichen Täter, die erst die
Frau misshandelt und dann am Morgen die Bank
überfallen und den Mann erschossen hatten.

Lisa nickte und verließ die Wohnung. Robert stand
angespannt immer noch am Fuße der Treppe und wartete
darauf, was Thekla ihm, über das seltsame Verhalten der
Frau, erzählen würde.

Nachdem Lisa ihn kurz unterrichtet hatte, rief sie erneut einen Rettungswagen und Notarzt zum Bankgebäude. Ebenfalls gab sie an die Einsatzleitstelle heraus, dass nun erneut die Kollegen der Spusi kommen sollten.

Da sich die Kollegen der Spurensicherung gerade auf dem Weg ins Polizeipräsidium befanden, freuten sie sich nicht unbedingt, dass sie erneut an den Tatort fahren sollten, den sie gerade verlassen hatten. Eigentlich hatten sie sich auf einen heißen Kaffee in der Cafeteria des Bonner Polizeipräsidiums gefreut. Zeitgleich mit dem Notarztwagen trafen sie wieder am Tatort ein. Dass sie nun jedoch einen Raum in der oberen Wohnung untersuchen sollten, freute sie, da dort die Aussicht auf ein warmes Arbeitsumfeld war.

Der Notarzt gab Frau Hartmann eine Beruhigungsspritze, um die Vitalfunktionen zu stabilisieren. Anschließend ließ er die Frau sich anziehen, bestand aber darauf, dass sie zur weiteren Untersuchung und zur Dokumentation der Misshandlungen, mit ins Krankenhaus müsse.

»Geben Sie uns bitte noch eine Telefonnummer, unter der wir Sie erreichen können«, sagte Thekla. »Sie können

27

uns eventuell noch sachdienliche Hinweise geben. Hier ist meine Karte, unter der Sie mich jederzeit erreichen können. Jeder noch so kleine Hinweis könnte hilfreich sein«.

Der Krankenwagen fuhr mit Frau Hartmann davon.

Die Leute von der Spurensicherung hatten jetzt viel zu tun und so zogen sich Thekla und ihr Team zurück. Gerade als sie das Auto starten wollte, bekam sie über Funk die Mitteilung, dass Kollegen der Nahbereichsfahndung einen Zeugen in der Bonner Rheinaue ausfindig gemacht hatten, der wertvolle Hinweise geben konnte. Keine zwei Minuten später war Thekla an dem Parkplatz der Rheinaue, nahe der Südbrücke. Der Mann sagte aus, er wäre beim Joggen entlang des Rheins, darauf aufmerksam geworden, dass zwei ganz in schwarz gekleidete Männer aus einem Gebüsch herausgekommen seien und in Richtung Rhein gelaufen waren. Dort wären sie auf einen Jetski gestiegen und rasend schnell in Richtung des anderen Ufers gefahren. Wo sie wieder angelegt hatten, konnte er nicht sagen. Seine Neugierde hätte ihn zunächst zu dem Gebüsch geleitet, aus dem die beiden kamen. Er fand zwei Weihnachtsmannumhänge, rote Mützen und die dazu gehörenden weißen Rauschebärte. Ebenfalls lagen

dort zwei Jutesäcke, die er allerdings nicht berührt hatte.
Nachdem er den Fund bei der Polizei über sein Handy
gemeldet hatte, waren keine Minute später auch schon die
Streifenbeamten der Nahbereichsfahndung vor Ort
angekommen.

»Vielen Dank für die Meldung« bedankte sich Thekla
bei dem Jogger. Dann drehte sie sich zu den Kollegen der
Schutzpolizei. Dieser gab kurz und knapp den
eingeleiteten Sachverhalt wieder:

»Die Wasserschutzpolizei ist informiert und bereits auf
der Suche nach dem Jetski. Die gefundene
Weihnachtsverkleidung haben wir sichergestellt. In den
Jutesäcken ist nichts gefunden worden«.

»Wo ist die Fundstelle? Ich möchte sie gerne sehen«,
Thekla war schon am Gehen, als der Kollege sagte:

»In diese Richtung, etwa fünfzig Meter, in dem
Gebüsch an den Bäumen«.

Thekla ging strammen Schrittes voran, so dass der
Kollege außer Puste kam. Thekla allerdings, die als
Ausdauertraining, zweimal pro Woche um den
Michaelsberg in Siegburg, nahe ihrem Wohnort, joggte,
machten schnelle Schritt nichts aus. Auch Robert, der
mitgegangen war, kannte die Kondition seiner Liebsten.

»Hier war es, hier lagen die Sachen« der Kollege, der Bonner Schutzpolizei, zeigte auf einen Bereich zwischen zwei Ilex Büschen.

»Hier ist so viel Laub der angrenzenden Bäume, hier muss die Spusie ebenfalls hin«, meinte Thekla.

»Ich glaube, das ist wirklich nötig«, hörte sie Robert sagen, der mit dem Schuh das Laub hin und her geschoben hatte. Er hatte ein kleines Cellophantütchen freigelegt, welches ein weißes Pulver beinhaltete.

Thekla nahm das Tütchen und gab es dem Streifenbeamten mit den Worten:

»Bitte den Fundort absperren und den Ort sichern. Dies geben Sie gleich den Kollegen von der Spusi. Alle gewonnenen Erkenntnisse bitte an mich beim Kreispolizeipräsidium Siegburg, auch die aus dem Labor und der Spurensicherung«.

Der uniformierte Beamte nickte und Thekla fuhr mit Robert sowie der im Auto wartenden Lisa Drollig und Peter Ludwig, in Richtung Siegburg.

Vor der abendlich stattfindenden Fallbesprechung im Besprechungsraum des Siegburger Präsidiums teilte Fred Bollenkamp mit, dass sich Sybille bei dem Sturz, am Morgen, den oberen Rippenbogen angebrochen hatte. Sie

war so unglücklich auf die Seite gefallen, dass ihre
Dienstwaffe im Schulterholster genau auf die Ecke des
Bordsteins geraten war und Sybille mit dem Gewicht des
Körpers, den Bruch verursachte.

»Ein klassischer Dienstunfall«, meinte Fred,
»allerdings ist Sybille erst mal für zwei Wochen
krankgeschrieben«.

»Schade«, meinte Thekla, »aber wir werden auch so
sicherlich gut ermitteln«.

»Also«, begann Thekla nun offiziell die "Abendrunde",
»ich denke, wir werden weitreichende Ermittlungen
durchführen müssen. Die vergewaltigte Frau Hartmann
hat berichtet, dass die beiden Männer, die am Morgen
auch die Bank überfallen hatten, bei der Tat sowohl ihre
roten Mützen, als auch die weißen Vollbärte mit
Gummibändern unter der Mütze, anbehalten hatten. Sie
wollten wohl nicht erkannt werden, was wiederum
womöglich Frau Hartmann das Leben rettete. Aufgefallen
war ihr, dass der eine mit einem sächsischen Akzent
sprach und der andere mit einem leicht niederländischem.
Beide Männer seien recht groß und stabil gebaut gewesen.
Der mit dem sächsischen Akzent hätte einen dicken
Bauch gehabt und der andere einen recht kleinen Penis«.

»Deshalb werden die Niederländer ja auch nie Fußballweltmeister«, warf Robert schmunzelnd ein.

Thekla antwortete nicht auf die unpassende Äußerung, warf Robert allerdings einen sehr bösen Blick zu.

»Das Ergebnis der Spurensicherung liegt teilweise vor. Demnach sind vermehrt Spermaspuren sichergestellt worden. Das Ergebnis des DNA-Tests wird für morgen früh erwartet. Die gefundenen Fingerabdrücke stammen von fünf unterschiedlichen Personen und können zeitlich nicht zugeordnet werden. Auch sind die Abdrücke nicht in einer deutschen Datenbank gespeichert. Eine Anfrage über Interpol hat bisher keinen Erfolg gebracht. Es bedarf erst der Genehmigung des hiesigen Polizeipräsidenten, der aber heute nicht zu erreichen war. Der Jetski, den die Täter zur Flucht benutzten, wurde von der Wasserschutzpolizei etwa zwei Kilometer rheinabwärts, in Höhe der Kennedybrücke, sichergestellt. Vermutlich hatten die Täter die ganze Sache gut geplant und dort ein Fluchtfahrzeug abgestellt. Wir scheinen es hier also schon mit Leuten zu tun zu haben, die eine enorme kriminelle Energie, gepaart mit intensiver Planung und wohl auch Insiderwissen, wegen des Banknebeneingangs und dem Eintreffen des Bankdirektors, gehabt haben. Warten wir

ab, ob die sichergestellte DNA weitere Erkenntnisse
bringt. Wir sehen uns morgen früh um acht Uhr wieder
hier und besprechen dann unser weiteres Vorgehen.
Danke. Die Kollegen erhoben sich von ihren Plätzen.

Zweites Kapitel

Völlig durchnässt kamen sie an dem abgestellten Wohnmobil an. Auf dem Parkplatz in der Nähe der Kennedybrücke, auf der Beueler Rheinseite, hatten sie geparkt. Die Flucht war sorgsam von Anna geplant, dass es jedoch zu dem Zwischenfall mit der Waffe kommen würde, war nicht vorgesehen.

»Meine Güte, was nur Anna dazu sagen wird, wenn wir gleich ohne Geld aber mit der Nachricht des erschossenen Bankleiters, zu ihr kommen?« Jan van Leuteren, geboren in Amsterdam, aber seit acht Jahren in Bad Honnef wohnhaft, schien verzweifelt.

»Was sie erst sagen wird, wenn sie erfährt, dass Du den Kerl erschossen hast, nur weil er Dir den Bart vom Gesicht reißen wollte?« antwortete Siggi Bruhns, der seit 10 Jahren ebenfalls in Bad Honnef wohnte.

Die beiden hatten sich vor einigen Jahren auf dem Königswinterer Promenadenfest kennengelernt und waren seitdem eng befreundet. Jan hatte versucht, mit einem Blumengeschäft in Bad Honnef zu existieren, was aber bei einer starken Konkurrenz eines langjährig

bestehenden Geschäftes in Bad Honnef, scheiterte.
Seitdem war er mit Gelegenheitsarbeiten in umliegenden
Firmen beschäftigt. Siggi hingegen war vor zehn Jahren
aus Dresden, der Liebe wegen, ins Rheinland gezogen.
Leider zerbrach die Beziehung und Siggi suchte sich in
Bad Honnef ein Appartement, da er dort für einen
Malerbetrieb tätig war. Das Geld war für beide immer
knapp und so suchten sie nach Möglichkeiten, ihr
Einkommen aufzubessern. Eines Samstagabends, als sie
wieder gemeinsam versuchten dem Alltagstrott zu
entkommen, lernten sie in einer Bar, Annastasia Lenko
kennen. Sie saß in einem roten, hautengen, bodenlangen
Kleid, das an der Seite bis in Höhe der Knie geschlitzt
war, auf einem Barhocker und blinzelte den Beiden zu.
Siggi Bruhns verschlug es den Atem und er sagte zu Jan:
»Mein Gott, was für eine Schönheit, die sieht aus wie
die Sixtinische Madonna, auf dem weltberühmten Bild
von Raffael, was bei uns in Dresden im Zwinger hängt«
»Im Zwinger? Ihr habt Bilder im Hundezwinger
hängen? « fragte Jan ungläubig.
»Du Depp, der Zwinger ist ein Barockes Schloss,
dessen Baubeginn bereits 1710 war und das dem Schloss
Versailles in Paris, nachempfunden ist. In diesem Zwinger

35

gibt es eine riesige Bildergalerie namhafter Künstler.

Eben auch Bilder von Raffael, dem italienischen Maler,
und der "sixtinischen Madonna" welche 1512 gemalt
wurde«.

Er schaute wieder, wie besessen zu der Schönheit an
der Bar. Als diese dann den Beiden zuprostete und sie
den, ebenfalls in gleichem rot wie das Kleid gehaltenen
Umhang, der mit einer großen Kapuze versehen war,
lässig nach hinten gleiten lies und ihre wohlgeformte
Figur unter diesem engen Kleid zeigte, war es um die
beiden Männer geschehen. Sie setzten sich neben die
"Göttin", wie es Siggi vorkam, und kamen angeregt ins
Gespräch. Viele Stunden verbrachten die Drei in der Bar
und als die Telefonnummern ausgetauscht waren, ließ sich
Anna, wie sie sich nennen ließ, ein Taxi kommen.

»Ein Taxi? Bis nach Oberpleis? « Siggi konnte es nicht
fassen, »das kostet ja ein Vermögen«.

Anna lächelte ihn vielsagend an, »Glaub mir, ich kenne
den Taxifahrer sehr gut, - ich zahle nicht mit Geld«.
Zwinkernd ließ sie die Beiden in der Bar zurück.

»Ich glaube«, sagte Siggi, »das ist 'ne ganz heiße Braut
und wir haben bei der 'nen Stein im Brett«.

»Lassen wir mal abwarten«, meinte Jan, der die

Rechnung anforderte.

»Teilen wir? «, fragte er in Richtung Siggi.

»Na klar«, erwiderte dieser und schaute auf die Rechnung.

Er bekam den Mund nicht mehr zu.

»Dreihundert-zehn Euro, das ist nicht nur 'ne heiße, sondern auch 'ne teure Braut«, kommentierte Siggi die Rechnung. Anna hatte auch die Champagner, die sie vor dem Kennenlernen getrunken hatte, von den Beiden übernehmen lassen.

*

Es vergingen zwei Monate, ehe sich Anna bei Jan telefonisch meldete.

»Wir dachten schon, Du hättest uns verarscht und uns die falsche Nummer gegeben. Wir haben mindestens zwei Dutzend Mal bei Dir angerufen und Du hast Dich nie gemeldet«.

»Liebelein«, hauchte Anna ins Telefon, »ich war noch nicht soweit und ich brauchte genügend Zeit für den Plan«.

»Wie, - was für einen Plan?

37

»Ich hab' großes mit Euch beiden vor. Wir werden leben wie ein Fürst in Russland. Gemeinsam werden wir residieren und das Leben genießen. Du, Siggi und ich. Ihr werdet glauben, im Himmel zu sein, wenn wir nach einem wohltuenden Tag in den Pools dieser Welt am Abend gemeinsam in die Betten sinken«.

Jan glaubte nicht richtig zu hören.

»Was hast Du vor? Weiß Siggi schon davon? «

»Nein, noch nicht, kannst Du ihm vielleicht Bescheid sagen? Ich würde Euch gerne nächsten Samstag zu mir nach Hause einladen. Es ist etwas schwierig zu finden. Hinter Oberpleis, in Richtung Hennef geht es links bergauf in einen Waldweg. Fahrt da rauf und nach einigen Kurven seid Ihr, etwa sechshundert Meter von der Landstraße, da steht mein Haus. Klingelt aber bitte unten am Tor. Ich habe zwei Deutsche Doggen, die frei auf dem Gelände umherlaufen«.

»Okay, - aber worum geht es denn? « wollte Jan nun erst recht wissen. Er war neugierig geworden.

»Alles Weitere am Samstag. Seid pünktlich, um acht Uhr erwarte ich Euch«.

Sie beendete das Telefonat ohne weitere Grüße oder Bemerkungen. Kurz und bündig hatte Sie eine Anweisung

gegeben, so kam es Jan jedenfalls vor. Dennoch hatte sie
einen unvergleichlich reizenden und vielversprechenden
Unterton in dem Gesagten.

*

Der Samstag war gekommen und die Beiden fuhren in
dem klapprigen Dacia, den Siggi einem Arbeitskollegen
vor einem halben Jahr für achthundert Euro abgekauft
hatte, den schmalen Waldweg hinauf, der von der
Landstraße kurz hinter Oberpleis, abzweigte.

»Ganz schön glitschig hier«, meinte Siggi, der Mühe
hatte den Weg überhaupt zu erkennen. Die hohen
Laubbäume des Waldes hatten ihre orange- und rot
gefärbten Blätter fallen lassen und eine hohe Schicht auf
den Weg gelegt. Zudem hatte es tagsüber geregnet und
der entstandene rutschige Untergrund ließ den Wagen
leicht hin und her driften.

Die angekündigten Doggen kamen laut bellend und
Furcht einflößend an das Gartentor gelaufen, als die
Klingel betätigt wurde. Ein kurzer Pfiff von Anna
allerdings genügte und die beiden Hunde liefen
schwanzwedelnd zu ihrem Frauchen, die die Hunde ins

Haus brachte.

»Ihr könnt jetzt reinkommen. Lasst den Wagen einfach da stehen, es kommt heute keiner mehr«, sie winkte den Beiden lachend zu, die der Aufforderung gerne nachkamen.

An der Haustüre begrüßte Anna einen nach dem anderen mit einer herzlichen Umarmung und einem Küsschen auf die linke und rechte Wange. Dann zog sie sich schnell wieder auf eine Armlänge zurück. Sie hatte erreicht, was sie sich ausgemalt hatte. Bei den Küsschen hatten die beiden Männer Zeit genug gehabt, den warmen, aufreizenden Duft ihres teuren Parfüms wahrzunehmen. Dieser Duft hatte auf Männer, so glaubte sie, einen hypnotisch wirkenden Einfluss. Bei manchen Männern jedenfalls und den beiden hier, so dachte Anna, gehörten sie zu dieser Gruppe Männern.

»Kommt rein, zieht Eure Jacken aus und folgt mir ins Wohnzimmer«.

Gesagt getan. Anna ging vorweg durch die großzügige Diele in das gemütliche Wohnzimmer, dass durch offene Bauweise direkt in das üppig gestaltete Schlafzimmer mit einem überdimensionalen französischen Bett ausgestattet war, auf dessen Kopfteil sich ein weißes Bärenfell befand mit ausgestopftem Bärenkopf. Ein Teil, dessen Wirkung sofort in die Gedankenwelt der Männer drang und sich jeder wünschte, heute Nacht an die Stelle des Bären mit Anna, zu treten.

»Also«, sagte sie, nachdem sich alle in den Sesseln gemütlich gemacht hatten und Anna eine Flasche Wodka und drei Gläser auf den Tisch gestellt hatte, »ich habe einige Wochen lang zwei Pläne erstellt, bis ins Allerkleinste ausgekundschaftet und alle nötigen Utensilien besorgt. Ihr Zwei seid jetzt dafür zuständig, meine Pläne auszuführen. Anschließend werden wir zusammenleben wie die Könige. Es geht um insgesamt zwölf Millionen Euro«.

»Ja, aber wir dachten es geht um…? « Jan zeigte in Richtung Schlafzimmer und dem weichen Bett.

»Ich kann mir vorstellen, was ihr wollt. Ihr wollt mich ficken, so richtig in allen Stellungen meinen knackigen Körper nehmen«.

Siggi und Jan nickten gleichzeitig.

»Das könnt Ihr alles haben«, Anna streichelte sich mit den Händen über die prallen Brüste. Sie hatte absichtlich keinen BH angezogen und ihre Brustwarzen wurden bei der Berührung steif. Ich werde Euch die nächsten Jahre verwöhnen, wie es noch keine andere Frau geschafft hat, aber erst, erst will ich das Geld hier auf dem Tisch sehen. Das Geld, für dessen Plan ich so lange gebraucht habe und Ihr es nur noch einsammeln braucht«.

Anna begann nun ihre Pläne genauestens zu erläutern. Zuerst den Plan mit der Bank im ehemaligen Bonner Regierungsviertel und danach noch ein Coup bei einer Bank in Königswinter. Beide Pläne minutiös ausgearbeitet. Selbst die Weihnachtsmann Kostüme waren schon besorgt und die Fluchtfahrzeuge angeschafft.

»So, jetzt fahrt nach Hause und kommt übermorgen mittags hierher und holt die Sachen und die neuesten Pläne ab«.

»Aber, wir wollten doch noch ins Schlafzimmer«, gab Jan, nun bereits sehr angeheitert, kleinlaut von sich«.

»Ich sagte, zuerst dass Geld hier auf dem Tisch, dann wird geteilt und dann kommt das Vergnügen«.

Zur Unterstützung ihrer Ansage ging Anna in Richtung des Zimmers, in der die Hunde waren und öffnete die Türe. Eine der Doggen steckte sofort den Kopf heraus.

»Ist ja gut«, meinte Siggi, der sich bereits auf dem Weg zur Haustüre machte.

»Und denkt dran, Ihr seid jetzt in alles eingeweiht und

Ihr seid die ganze Zeit von einigen Kameras hier im Zimmer aufgenommen worden. Selbst unser Gespräch wurde aufgezeichnet. Solltet Ihr also irgendwelche dummen Dinger vorhaben, wird das Material sofort an meine Bekannten an den Grenzen, gehen. Ihr habt keine Chance, dass jetzt alleine durchzuziehen«.

Das alles hatten sie im Ohr. Jetzt, wo sie ohne Beute klatschnass hier in dem Wohnmobil saßen. Nachdem sie sich trockene Kleidung angezogen hatten, auch das war alles im Vorfeld eingeplant, starteten sie den Motor und fuhren in Richtung Oberpleis. Der nächste Tag würde den zweiten Plan zur Ausführung bringen.

*

Die Auswertungen der Spurensicherung lagen bereits vor, als Thekla und Robert am frühen Morgen ins Büro kamen. Lisa hatte sie bereits durchgesehen und berichtete, dass man laut DNA-Analyse, drei verschiedene Spermaspuren gefunden hatte. Alle drei im Wohnzimmer auf dem Sofa, dem Sessel und dem Teppich.

»Wieso drei?« fragte Thekla, »Frau Hartmann sprach doch von zwei Tätern«

»Das kann ich Dir auch nicht sagen, hier steht etwas von drei verschiedenen Spermaspuren«.

Thekla nahm den Bericht in die Hand und überzeugte sich selbst. Neben den benannten Spuren waren auch Fingerabdrücke von drei verschiedenen Menschen auf den Flaschen und Gläsern gesichert worden. Ebenfalls wurden weiße Fasern von den Nikolausbärten und rote Fasern von den Kostümen, gefunden.

»Die Kollegen von der Nachtschicht waren bereits sehr fleißig«, lobte Peter Ludwig, Theklas Kollege, der schon lange den Dienst im Siegburger Polizeipräsidium versah. »Die haben bereits die DNA-Datenbank auf mögliche Übereinstimmungen und die bundesweite Datei der registrierten Fingerabdrücke, abgefragt. Er hielt mehrere

Zettel der Auswertungen in der Hand.

»Mach es bitte nicht so spannend«, sagte Thekla und nahm auch diese Auswertungen an sich.

»Bei den Fingerabdrücken nur die Treffer bei einer Frau. Frau Michelle Hartmann ist in der Datei? Wieso wurden ihr denn schon mal die Fingerabdrücke genommen? «. Thekla blätterte auf die nächste Seite.

»Ach, hier steht, dass sie vor drei Jahren bei einer Fahrzeugkontrolle am Grenzübergang Venlo, bei der Einreise nach Deutschland, mit einem Kilo Kokain erwischt wurde. Damals wurde sie kriminaltechnisch aufgenommen und in den entsprechenden Dateien abgespeichert. Beim anschließenden Prozess wurde sie nur auf Bewährung verurteilt, da man ihr das Kokain nicht zweifelsfrei zuordnen konnte. Sie hatte behauptet, es wäre ihr untergeschoben worden«.

»Was ist mit dem weißen Pulver in dem Tütchen, welches wir in der Rheinaue gefunden hatten? « wollte Robert wissen.

Thekla blätterte ein paar Seiten weiter. Dann las sie vor: »Bei dem Inhalt des Tütchens ergab sich nach einer chemischen Analyse, dass es sich um fünfundachtzig Prozent reines Kokain, gestreckt mit einer unbekannten

Substanz, handelt«.

»Ob es da einen Zusammenhang gibt? Frau Hartmann wird vor Jahren mit Kokain an der Grenze erwischt und jetzt wird in einem Jutesack, den ihre mutmaßlichen Vergewaltiger bei sich hatten, ebenfalls Kokain gefunden. Schon komisch? Meinst Du nicht auch? « Robert schaute fragend zu Thekla.

»Da könnte man durchaus einen Zusammenhang konstruieren, aber wir müssen uns an die Fakten halten. Dennoch kann man diesen Gedanken im Hinterkopf behalten«

Thekla blätterte wieder auf die erste Seite.

»Komisch, keine weiteren Treffer bei den Fingerabdrücken? Was ergaben denn die DNA-Vergleiche? «

Lisa wollte gerade wieder von dem bereits Gelesenen berichten.

»Ich lese lieber selber«, sagte Thekla schnell. »Also, in der DNA-Datei gibt es ebenfalls Übereinstimmungen. Eine ist von Ludger Hahn aus Dresden. Er war also einer der Männer, die in der Nacht Frau Hartmann vergewaltigt hatten«.

»Angeblich vergewaltigt hatten«, warf Lisa ein, »denn

wenn die Sache mit dem Koks doch kein Zufall war, dann kann es rein hypothetisch auch sein, dass die Sache von vorne herein so geplant war und Frau Hartmann nach fehlgeschlagenem Überfall auf die Bank, die Sache nun so hinstellt, als sei sie vergewaltigt worden«.

»Rein hypothetisch ist da was dran«, stimmte Robert kopfnickend zu.

Lisa war mächtig stolz darauf, nun auch mal von dem sonst immer rumwitzelnden Robert, ein Lob hinsichtlich ihrer Überlegungen, bekommen zu haben.

»Was ist mit den anderen Spermaspuren? « wollte Peter Ludwig wissen.

»Oh«, entglitt es Thekla, »die zweite Übereinstimmung ist von René Wolter, dem toten Bankdirektor. Er war vor zwanzig Jahren nach dem Verdacht auf Kindesmissbrauch, von den Kollegen ebenfalls im Zuge der kriminaltechnischen Untersuchungen, in der Datei erfasst worden«.

»Als Bankdirektor? « fragte Robert ungläubig.

»Nein, Bankdirektor wurde er erst fünf Jahre später. Der Vorfall ereignete sich damals in Lübeck. Danach sind sie hier nach Bonn umgezogen. Man hatte Gras über die Sache wachsen lassen, bevor die Bewerbung als Leiter der hiesigen Bankfiliale zum Tragen kam«.

»Und nun wird er, dreizehn Monate vor Erreichen des Renteneintritts so einfach abgeknallt«, warf Lisa ein. »Ob es da auch einen kausalen Zusammenhang gibt? Warum drückte der Täter ab, bevor er am Ziel seiner geplanten Tat war? «

»Du wirst mir langsam unheimlich«, sagte Robert in Richtung Lisa gewandt, »da steckt schon wieder kriminalistischer Tiefgang in der Überlegung«.

Lisa wusste nicht, ob sie nun wieder einige Zentimeter wegen des Lobs wachsen sollte oder ob Robert mal wieder eine ironisch gemeinte Bemerkung vom Stapel gelassen hatte.

»Da könnte wirklich was dran sein«, bemerkte Thekla, »hier kommen die Spermaspuren des Toten und einem der mutmaßlichen Vergewaltiger ins Spiel. Hatten die sich unter Umständen gekannt und war dies alles bis auf die Benutzung der Waffe, ein geplanter Ablauf? «

Thekla wandte sich zu Lisa, legte ihr die Hand auf die Schulter und meinte:

»Alle Achtung, Du hast schon viel gelernt und wirst uns bestimmt sehr gute Unterstützung leisten, sofern hier mal eine entsprechende Stelle frei wird.

Nun merkte Lisa, wie sie vor Verlegenheit rot wurde.

Sie hielt den Kopf gesenkt und meinte nur:

»Danke Thekla«.

»In der ersten Aussage von Frau Hartmann steht«,
Peter legte die Akte mit der Aussage zur Seite, »die Täter
haben bei der Vergewaltigung die Kunstbärte nicht
abgenommen, vermutlich um ihre Identität zu
verschleiern«

»Auch dazu habe ich was zu sagen«, meldete sich Lisa,
die nun aufgrund des eben erhaltenen Lobes, immer
wagemutiger mit ihren Äußerungen wurde. Diese
Aussage kann man glauben, muss es aber nicht. Wenn die
Theorie mit dem eingefädelten und geplanten
Banküberfall stimmen sollte und Frau Hartmann die
Aussage mit der Vergewaltigung nur als
Schutzbehauptung aufstellte, dann passt die Aussage mit
den Bärten doch ganz klar ins Bild«.

Bewundernde Blicke kamen nun von allen Seiten.

»Nun, wir müssen uns an Fakten halten, warf Thekla
erneut ein. »Erst wenn die Fakten in Richtung eines
ausgeklügelten Plans gehen, können wir auch in diese
Richtung gezielt ermitteln. Bis dahin heißt es, in alle
Richtungen wird ermittelt. Es ist, wie immer ein Fall, in

dem verschiedene Komponenten zu untersuchen sind.

Sind die Kollegen in Dresden schon informiert und wird nach dem Ludger Hahn gefahndet?

»Ja, die Dresdener Kollegen sind unterwegs zum Wohnort des Verdächtigen um die Lage vor Ort zu inspizieren. Des Weiteren läuft eine bundesweite Fahndung nach dem Mann«

»Sagt mal«, meldete sich Peter Ludwig noch einmal zu Wort, »was ist denn eigentlich mit der dritten sichergestellten und nicht zuordenbaren Spermaspur?«

»Die ist möglicherweise von dem holländisch sprechenden Mann mit dem kleinen …? «

»Robert! « unterbrach Thekla in lautem und barschem Ton.

»Aber das ist doch die Aussage von Frau Hartmann. Er hatte einen kleinen Penis«. Robert prustete vor Lachen in seine Hand, die er sich vor den Mund hielt und meinte, noch immer lachend: »Ich wusste es doch immer«.

»Okay Leute, da uns Sybille nun leider einige Zeit ausfallen wird, werden wir uns mehr ins Zeug legen müssen, als sonst. Es ist, so glaube ich, am besten wenn wir uns wie folgt aufteilen«.

Die Türe zum Besprechungsraum ging auf und der
Leiter der gesamten Mordkommission, Alfred
Bollenkamp, betrat den Raum. Er berichtete, dass sich die
Dresdener Kollegen gemeldet hätten. Der Verdächtige,
Ludger Hahn, sitzt wegen Totschlags seit zwölf Jahren im
Gefängnis in Dresden. Zwar hatte er wegen guter Führung
am Wochenende Freigang, durfte die Stadt aber nicht
verlassen und ist heute Morgen pünktlich um sieben Uhr
wieder zum Einschluss erschienen.

»Das kann nicht sein«, versuchte Thekla zu
widersprechen. »Wir haben eindeutig seine DNA am
Tatort gefunden und wir alle wissen, dass es nichts
Eindeutigeres als eine DNA gibt«.

Fred entgegnete: »Es ist aber Fakt, dass Herr Hahn
heute Morgen wieder in der JVA erschienen ist und er
Dresden nicht verlassen durfte«.

»Dann müssen wir den DNA-Abgleich mit der
Datenbank nochmals durchführen«, entgegnete Thekla.
»Ordnest Du das bitte schnellstmöglich an, noch bevor
wir gleich mit unserer Ermittlungsarbeit beginnen? «
fragte sie.

Fred nickte und verließ den Raum.

»Das ist aber verdammt komisch«, bemerkte Robert,

»auch dass wir seine Fingerabdrücke in der Wohnung Hartmann nicht gefunden haben«.

»Nun ja, Fingerabdrücke können verwischen oder schief auf Gläsern und Flaschen abgedrückt werden, aber DNA ist nun mal eindeutig«, beharrte Thekla.

*

Drittes Kapitel

»Verdammt noch mal, - Fick Dich! « Wutentbrannt schrie Jana Kaminski, David's sechzehnjährige Freundin, in Davids Zimmer, bevor sie die Türe hinter sich mit Wucht zuknallte. Sie rannte die Diele entlang zur Haustüre, die sie ruckartig aufriss um ins Freie zu stürmen. Bernd Lay, David's Vater, stand nur etwa einen Meter von der Haustüre entfernt und wurde fast von Jana umgerannt. Geistesgegenwärtig streckte er die Hand in Richtung Haustüre, die hinter Jana ebenfalls ins Schloss zu fallen drohte.

»Jana, -warte doch bitte auf mich«. David kam aus seinem Zimmer gelaufen und wollte die Haustüre aufmachen, um seiner Freundin nachzueilen.

»Lass Sie«, Bernd sah seinen Sohn an, der verweinte Augen zu haben schien. »Man muss auch mal so etwas wie Meinungsverschiedenheiten aushalten können und nicht immer gleich nachgeben«, meinte er.

»Aber Jana unterstellt mir Sachen, die gar nicht stimmen. Sie behauptet, ich hätte den anderen auf meiner Geburtstagsfeier schöne Augen gemacht und hätte rumgeflirtet«.

»Sie liebt Dich halt und ist eifersüchtig. Das ist ganz normal, wenn man verliebt ist. Du schaust doch auch genau, wie Jana von anderen Jungs angeschaut wird und wie sie darauf reagiert«.

David senkte nickend den Kopf.

»Aber ich mach' doch dann nicht so ein Theater und beginne einen Krach deshalb«.

»Glaub mir, mein Junge, sehr bald wird sich Jana wieder beruhigt haben und ihr wird das Verhalten in dieser Situation leidtun«.

Es klingelte an der Türe, hinter der David und sein Vater immer noch standen.

David öffnete und Jana fiel ihm augenblicklich um den Hals. Sie drückte ihn ganz fest an sich und schluchzte ihm ins Ohr:

»Es tut mir leid, was ich zu Dir gesagt habe, aber ich bin doch Deine Prinzessin. Deine einzig wahre, das hast Du mir mal gesagt. Ich kann es nicht ertragen, wenn Du dann mit anderen rumschäkerst«.

»Aber ich …«, wollte sich David schon wieder rechtfertigen. In dem Moment drückten sich bereits Jana's Lippen gegen seine und der Kuss schien nicht enden zu wollen.

David's Vater hatte sich mit einem leisen »Also bitte, sag ich doch«, wieder ins Wohnzimmer zurückgezogen und David schaffte es noch gerade bis in sein Zimmer, bevor Jana ihm das Shirt über den Kopf gezogen hatte und ihre Sache mitten im Raum durch die Luft flogen.

»Versöhnungssex ist doch irgendwie das schönste«, dachte David auf dem Teppich liegend, als Jana stöhnend auf ihm saß und ihrer Wollust freien Lauf ließ.

*

Der erneute DNA-Vergleich hatte kein anderes Ergebnis gebracht. Die gefundenen Spermaspuren waren eindeutig Ludger Hahn zuzuordnen. Die Kollegen aus der IT hatten den Fall vorrangig bearbeitet und so lag das Ergebnis bereits zwanzig Minuten nach der erneuten Anfrage wieder auf Thekla's Tisch.

»Irgendwie ist das unbegreiflich«, meinte Thekla resigniert. »Da muss ich unbedingt persönlich nachhaken. Ich werde mit der nächsten Maschine nach Dresden fliegen und den Hahn im Gefängnis vernehmen«.

Robert schaute Thekla verwundert an. So einen Aufwand hatte sie doch bisher nie unternommen.

»Wir wollen uns vor den Bonner Kollegen nicht blamieren und nicht sagen lassen müssen, wir hätten nicht sorgfältig genug gearbeitet, um den Mörder zu finden. Lisa, Du fährst bei Frau Hartmann vorbei. Sie dürfte wohl nach einer Nacht zur Beobachtung, das Krankenhaus verlassen haben. Ich möchte Dich bitten, von unserem möglichen Anfangsverdacht nichts zu erzählen, sondern lediglich mit etwas zeitlichem Abstand zur Tat, Dir nochmal den Ablauf des Abends schildern zu lassen. Achte darauf, ob sie sich irgendwie widerspricht und mach Dir Notizen. Peter, Du erkundigst Dich bitte nach dem Besitzer des Jetski, der muss sich ja anhand der Fahrgestellnummer ausfindig machen lassen und schaust bitte nach möglichen Verbindungen zu dem Fall. Anschließend kannst Du vielleicht bei den Verleihfirmen von Kostümen fragen, ob die gefundenen roten Kostüme dort verliehen wurden. Vielleicht haben wir einen Treffer. Bei den vielen Weihnachtsmännern, die im Moment rumlaufen, halte ich das zwar für unwahrscheinlich, aber dennoch. Ein Versuch ist es wert. Nur als Tipp, in Köln-Godorf ist ein riesiger Betrieb, der sich auf Kostümverleih spezialisiert hat. Robert, sei so lieb …«

»Du glaubst doch nicht, dass ich Dich alleine fliegen lasse und Dich einem, wegen Totschlags verurteiltem Mann alleine gegenübertreten lasse«, unterbrach Robert.

»Ich werde wohl nicht alleine im Verhörraum der JVA sitzen, da gibt es bestimmt auch Schließer, die dabei sind«.

»Nichts da, - ich würde Dich sehr gerne begleiten« gab Robert zurück. In Gedanken fügte er hinzu: »und beschützen«. Dies jedoch traute er sich nicht zu sagen, da er ansonsten die Kernkompetenz seiner Freundin angegriffen hätte. Er wusste nur zu gut, dass Thekla ihrem Vater nacheiferte, der als ehemaliger Leiter der Bonner Mordkommission immer Stärke bewiesen hatte und sich nun, nach Erreichen des Pensionsalters, oft nutzlos und dem Ruhestand ausgeliefert, vorkam.

»Du hast vielleicht recht. In der Vernehmung, die sicherlich nicht leicht werden wird, hören vier Ohren mehr als zwei. Auch ist mir eine direkte zweite Meinung sicherlich sehr hilfreich«.

Sie verließen den Besprechungsraum und Robert buchte sofort den nächsten erreichbaren Flieger nach Dresden. Auch den Rückflug buchte er sofort, da er für den Weg vom Flughafen zur JVA und Retour, sowie für die Vernehmung, insgesamt vier Stunden veranschlagte. So wären die Beiden am frühen Abend wieder am Köln-Bonner Flughafen und könnten vielleicht schon den Kollegen im Präsidium in der abendlichen Fallbesprechung, ihre gewonnenen Erkenntnisse mitteilen. Thekla war einverstanden mit Roberts Vorgehensweise und freute sich insgeheim darüber, einen solchen Partner auch privat an ihrer Seite zu haben.

*

Der in der gestrigen Nacht gefallene Schnee war wieder getaut und auch hatte es keinen Frost mehr gegeben. Der Berufsverkehr war längst vorbei, so hatte Lisa auf der Fahrt ins ehemalige Regierungsviertel, dem jetzigen Sitz der UNO und anderer kleinerer und größerer Regierungsorganisationen, freie Fahrt. Als sie gegen elf Uhr vor dem Gebäude hielt, in dem die überfallene Bank ansässig war, fand sie außer einem Platz im Innenhof der Bank, keinen anderen Parkplatz mehr. Kurzerhand stellte sie sich auf den reservierten Platz des Filialleiters. Die Bank war nach dem gestrigen Überfall noch geschlossen und sollte auch erst am Folgetag wieder geöffnet werden.

Lisa Drollig klingelte bei M. Hartmann.

»Ja bitte?«, klang es aus dem krächzenden
Lautsprecher der Gegensprechanlage.

»Lisa Drollig hier, Kriminalpolizei Siegburg, ich war
gestern schon mal hier bei Ihnen«.

Der Türöffner summte und Lisa trat in den Flur ein.
Oben im Dachgeschoss hörte man, wie sich eine Türe
öffnete. Da ansonsten niemand im Haus war, hörte man
das Geräusch des öffnenden Schlosses sehr gut. Lisa ging
schnell die Stufen nach oben. Sie reichte Frau Hartmann
die Hand mit den Worten:

»Schön, dass es Ihnen besser zu gehen scheint, ich
hätte da gerne noch ein paar Fragen. Zudem würde ich
gerne Ihre Aussage schriftlich zu Protokoll nehmen«.

»Ja, aber mir geht es immer noch nicht gut. Der Arzt
hat mich für einige Tage krankgeschrieben. Es ist ja eine
enorme Belastung, vergewaltigt zu werden«.

»Da haben Sie Recht, Frau Hartmann, wenn es Ihnen
nicht genehm ist, können Sie auch gerne in den nächsten
Tagen ins Siegburger Präsidium kommen, um das dann
angefertigte Protokoll dort zu unterschreiben«. Lisa hatte
von Thekla diesen psychologischen Trick gelernt.

Meistens willigten die Betroffenen dann zu einer Aussage ein, da sie die Unannehmlichkeiten, extra ins Präsidium zu müssen, scheuten.

Frau Hartmann legte die Hand mit der Rückseite, an ihre Stirn. Mit einem leichten Seufzer sagte sie:

»Hach, kommen Sie, es wird schon gehen« und öffnete die Wohnungstür um Lisa so den Weg in die Wohnung freizugeben.

»Frau Hartmann«, begann Lisa ihre taktisch vorbereitete Befragung, nachdem sie den Platz im Wohnzimmer eingenommen hatte, der ihr zuvor angeboten wurde.

»Möchten Sie etwas trinken? « wurde sie unterbrochen.

»Oh ja, gerne. Ich hätte gerne ein Mineralwasser, wenn es Ihnen keine Umstände bereitet«.

Frau Hartmann verließ das Wohnzimmer. Diesen Moment nutzte Lisa sofort, um sich im Zimmer umzusehen, ob es Anzeichen gab, die eine Verbindung zu dem toten Filialleiter erahnen ließ.

»Hier, ich habe allerdings nur stilles Wasser ohne Kohlensäure«. Frau Hartmann kam mit der Flasche in der linken und zwei Gläsern in der rechten Hand wieder ins

Wohnzimmer.

»Das ist mir sogar lieber«, versuchte Lisa eine wohlwollende Basis für das bevorstehende Gespräch zu schaffen, »ich habe nämlich so einen nervösen Magen. Bei Kohlensäure muss ich immer so leicht aufstoßen«. Lisa lächelte zwar künstlich, aber so dass es nicht unbedingt auffiel.

»Mir geht es da genauso. Außer in Sekt kann ich keine Kohlensäure vertragen«, antwortete Frau Hartmann, als sie sich in den Sessel im rechten Winkel zu Lisa an den Tisch setzte. Auch sie lächelte, zwar nicht künstlich, sondern eher verlegen.

»Dann gab es auch Sekt, als Sie hier mit den Männern saßen? « fragte Lisa vorsichtig.

»Ja, auch,- ich hatte noch eine Flasche im Kühlschrank. Auch drei Flaschen Bier hatten wir getrunken und aus den Wodkaflaschen, die die Beiden dabeihatten«.

»Kann man sagen, dass Sie zu dem Zeitpunkt schon sehr angeheitert waren und die Übergriffe zunächst gar nicht als solche wahrgenommen hatten? «

»Natürlich war es mir, leichtfertiger weise zuerst nicht unangenehm, etwas zu fummeln und befingert zu werden, als die zwei sich dann allerdings ausgezogen hatten und beide abartige sexuelle Praktiken wollten, also wissen Sie, alles mach ich ja nun auch nicht mit, da haben sie mich dann mit Gewalt genommen«.

»Haben sie "NEIN" gesagt, oder haben Sie sich gewehrt? «

»Ich habe den Beiden gesagt, ich wolle das jetzt nicht mehr und ich habe nach ihnen geschlagen um mich so zur Wehr zu setzen. Dann haben sie mich gefesselt, die Hände zusammengebunden und mein Bein da unten am Sofafuß festgebunden. Das andere Bein haben sie mir zur Seite gespreizt, und dann …«. Sie hörte auf zu reden. Und schaute schluchzend zu Boden.

»Frau Hartmann, was anderes, die Spurensicherung hatte gestern hier im Wohnzimmer die Spermaspuren genommen und deren DNA bestimmt. Dabei wurden drei verschiedene Werte ermittelt. Können Sie sich das erklären? «

Verständnislos blickte Michelle Hartmann zu Lisa.

»Nun ja, was ich sagen will«, versuchte Lisa eine Brücke zu den bereits feststehenden Erkenntnissen zu bauen, »es waren, wie Sie sagen zwei Täter hier vor Ort, wie kann es sein, dass eine dritte Spur gefunden wurde?

Kann es sein, dass in den letzten Tagen noch jemand anderes hier war? «

»Ja, das kann sein«.

»Würden Sie uns den Namen des Herrn nennen. Ist es vielleicht Ihr Freund gewesen? «

»Wissen Sie Frau Kommissarin«, Frau Hartmann wurde etwas förmlicher, »Ich bin beruflich hier in Bonn in einer Rechtsanwaltskanzlei und dort bin ich sehr angespannt und viel beschäftigt. Da bleibt keine Zeit für eine feste Beziehung. Das macht kein Mann mit, der eine feste Partnerschaft haben will«.

»Das kann ich sehr gut verstehen. In unserem Beruf ist es ähnlich bei den absolut unregelmäßigen Arbeitszeiten«, antwortete Lisa, »aber würden Sie mir dann den Namen des Mannes nennen, der in Frage kommt? «

»Nein, den kann ich Ihnen nicht nennen. Der Mann ist viel älter als ich und außerdem ist er verheiratet«.

»Frau Hartmann, wir wissen anhand des DNA-Abgleiches mit dem Blut des verstorbenen Herrn Wolter, dass er es war, dessen Probe hier bei Ihnen auf der Couch gefunden wurde. Können Sie mir sagen, wie dies sein kann? «

»Na ja, wenn Sie es schon wissen? Der René und ich,

wir sind uns sympathisch gewesen und sind uns dann
auch nähergekommen. Zuerst kamen wir uns in der
Beratung in der Bank näher, da ich dort auch seit einigen
Monaten ein Konto hatte, dann bei einem gemeinsamen
Abendessen, dahinten in der Pizzeria«, sie zeigte mit der
Hand in Richtung Innenstadt,»ja und schließlich dann
auch hier in der Wohnung«.

»Wie lange dauerte denn diese Verbindung bereits? «

»Wir sind uns vor etwa einem Monat nähergekommen.
Von da an war er so etwa einmal die Woche hier bei mir«.

»Ich hab da mal eine Frage«, startete Lisa nun die
nächste psychologische Attacke,»Sie sind Anfang
Dreißig, Herr Wolter war Ende fünfzig und stand kurz vor
seiner Pensionierung. Kommt einem das dann nicht fast
vor wie, - Tochter und Vater? «

»Am Anfang schon. Nach den ersten beiden Malen
fragte ich mich schon, was das soll, ihm in mühevoller
Kleinarbeit dabei zu helfen, damit er überhaupt zum
Verkehr fähig ist und dann selber nicht richtig zum
Höhepunkt zu kommen, aber irgendwie hat es mir selber
schon imponiert, einen Banker ins Bett zu bekommen.
Schafft auch nicht jede, zumal er auch gerne über seine
Arbeit und die Bank sprach«.

»Auch über die Sicherheitsvorkehrungen und die Alarmanlagen?«

»Nein, - also ehrlich, - darüber hat er nie gesprochen. Ich hatte ihn mal danach gefragt, also ich meine, - so beiläufig im Bett. Er hat sofort das Thema gewechselt und mir gesagt, ich solle nicht versuchen ihn auszuhorchen, denn dann wäre das Vergnügen sofort vorbei und er würde niemals wiederkommen«.

»Wann war das?« wollte Lisa wissen.

»Das war letzte Woche, als er das letzte Mal bei mir war«.

»Und nun ist er tot«, resümierte Lisa.

»Ja, und nun ist er tot« wiederholte Frau Hartmann.

»Andere Frage, wie kam es denn dazu, dass die beiden Weihnachtsmänner hier bei Ihnen in der Wohnung waren?«

Irritiert über die Frage zu einem völlig neuen Sachverhalt, reagierte Frau Hartmann zunächst verwundert.

»Ja, dass war so«, stotterte sie zunächst, »ich war an dem Abend bei unserer Weihnachtsfeier als Nikolaus verkleidet und zuständig für das Verteilen der Geschenke und netter Worte, die mein Chef vorher aufgeschrieben hatte. Als wir dann fertig waren und ich bereits etwas angeheitert hier zu Hause ankam, begegneten mir unten auf der Straße zwei Weihnachtsmänner. Wir lachten zunächst über unsere gleiche Verkleidung, tranken gemeinsam den Wodka aus der Flasche von den Beiden und wollten dann noch in das lokal am Ende der Straße. Dort war aber zu viel los, sodass wir nicht mehr reingelassen wurden. Kurzerhand habe ich die Beiden dann zu mir in die Wohnung eingeladen. Wir hatten uns gut verstanden und viel gelacht. Und, - wir waren ja sozusagen Kollegen. Kollege Weihnachtsmann eben. So landeten wir dann hier im Wohnzimmer. Den Rest kennen Sie ja bereits«.

»Gut, Frau Hartmann, das war´s für´s Erste. Danke für die Zeit, die Sie sich genommen haben. Wenn meine Chefin noch weitere Fragen hat, kommen wir gerne noch mal vorbei«.

»Und was ist jetzt mit dem Protokoll, welches ich hier unterschreiben sollte? « wollte Frau Hartmann wissen.

»Ach so, ja, dass werde ich im Präsidium aufsetzen und Ihnen dann die Tage zur Unterschrift vorlegen. Tschüss Frau Hartmann, ich muss jetzt los«.

Drittes Kapitel

Peter Ludwig hatte sich bei den Kollegen der Wasserschutzpolizei, Staffel Bonn, über den Jetski informiert. Anhand der Seriennummer wurde der Halter beim Meldeamt ausfindig gemacht, da das amtliche Kennzeichen fehlte. Als Peter Ludwig gegen elf Uhr an der angegebenen Adresse, in Niederkassel Mondorf eintraf, wurde nach mehrmaligem Klingeln nicht geöffnet. Gerade als sich Peter umdrehte, um hinter dem Haus nach Ulf Kallmann, dem Besitzer des Jetski, zu suchen, rief jemand vom Nachbargrundstück:

»Heh, wollen Sie zu mir? «

»Wenn Sie Ulf Kallmann sind, - dann ja! « rief Peter zurück.

Der Mann hob den gestreckten Arm und meinte:

»Moment, - ich komme«.

Mit ausgestreckter Hand und freundlich lächelnd, kam der Mann auf Peter zu.

»Ulf Kallmann! Was kann ich für Sie tun? Der Mann um die Fünfzig schien gut gelaunt zu sein.

»Peter Ludwig, Kriminalpolizei Siegburg«, Peter

zeigte seinen Dienstausweis.

»Ja bitte, - und Sie wollen zu mir? «

»Ja, - besitzen Sie einen schwarzen Jetski? «

»Der ist unten am Mondorfer Hafen in einer Garage.
Die habe ich extra für das Teil angemietet. Macht eine
Riesen Gaudi damit zu fahren. Was ist denn damit? «

»Das Fahrzeug wurde gestern Morgen im
Zusammenhang mit einem Banküberfall in Bonn zur
Flucht benutzt«.

Herr Kallmann riss die Augen weit auf.

»Was?« rief er, »Ich habe den doch letzte Woche auf
Hochglanz poliert und staubdicht eingepackt, also
winterfest verpackt. Kommen Sie, ich zeig es Ihnen«.

Er nahm seinen Schlüsselbund und ging zur Garage.

»Fahren Sie mit, oder wollen Sie hinterherfahren? «

»Ich komme nachgefahren. Mein Wagen steht hier am
Grundstück«.

Peter setzte sich ins Auto. Aus der Garage kam
rückwärts ein fast neuer Audi quattro Sport gefahren und
setzte sich vor Peters Auto.

»Ein wunderschönes Auto«, dachte Peter, als er die
Rückleuchten und die Ansicht des Wagens bestaunte,
»nur, die Anhängerkupplung passt so gar nicht an diesen

schnellen Wagen«

Nach etwa einem Kilometer kamen sie an einer Reihe Garagen, ganz in der Nähe des Mondorfer Fähranlegers, an. Als beide aus ihren Fahrzeugen ausgestiegen waren, sagte Herr Kallmann beim Öffnen eines der Garagentore:

»Sehen Sie, hier…«, weiter sprach er nicht. Der Anhänger des Jetski war mitsamt der Ladung nicht mehr an seinem Ort. Die winterfeste Verpackung war inklusive dem abmontierten Zulassungskennzeichen, in die Ecke geworfen und bildete einen hohen Berg an Planen und Decken.

»Wo waren Sie denn in der Nacht zu gestern und gestern Vormittag? «

»Wie? Wo war ich? Glauben Sie, ich hätte etwas mit der Sache, die Sie genannt haben, zu tun? Also hören Sie mal …! «

»Herr Kallmann, ich habe Sie lediglich gefragt, wo Sie waren. Sie brauchen sich nicht aufregen, sondern lediglich meine Frage beantworten. Das ist eine ganz normale, routinemäßige Frage gewesen«.

»Ich war vorgestern Abend bis in die Nacht beim Skat. Der Nachbar, bei dem ich eben war, kann das bezeugen. Wir hatten uns diesmal bei ihm zu Hause getroffen. Da

69

war auch noch der Alfred Dümpel bei. Ein alter

Gemeinsamer Freund. Wir treffen uns alle vierzehn Tage

bei einem anderen zum Skat. Diesmal war mein Nachbar

an der Reihe«.

»Na sehen Sie, somit ist meine Frage doch

beantwortet. Wenn der Nachbar diese Aussage bestätigt,

ist doch alles Bestens«.

»Sagen Sie mal, was ist denn jetzt mit meinem Jetski?

Ist der beschädigt? Wo steht der denn jetzt? «

»Die Kollegen der Wasserschutzpolizei haben das

Fahrzeug sichergestellt, da es im Rahmen einer Straftat

und ohne Kennzeichen, aufgefunden wurde. Nach

polizeilicher Untersuchung werden Sie es sicherlich dort

abholen können«.

Peter verabschiedete sich und benutzte die Mondorfer

Fähre, um ans andere Rheinufer zu gelangen. Hier fuhr er

über Hersel in Richtung der Wesselinger Autobahn, um in

Richtung Köln fahrend, die Autobahnabfahrt Godorf

wieder abzufahren. Bereits von der Autobahn sah er die

großen Werbetafeln mit der Aufschrift "Kostümverleih".

»Guter Mann«, sagte die nette und sehr gut aussehende

Dame an der Kasse des Kölner Traditionsunternehmens, »wir haben mehrere Filialen in und um Köln herum. Wir führen mehrere Tausend Kostüme und ja, auch mehrere hundert Weihnachtsmann Kostüme, aber die hier«, die Frau zeigte auf die gefundenen Beweisstücke, die Peter Ludwig ihr gezeigt hatte, »stammen ganz bestimmt nicht von uns. Erst einmal sind diese von minderer Qualität und zweitens haben die gar kein eingenähtes Schild von unserer Firma. Nein, die sind nicht von uns!«

»Wo gibt es denn hier um Bonn oder Köln herum sonst noch Kostümverleihe? « fragte Peter.

»Dat kann ich Ihnen net sagen, ich kenne nur den hier«, sagte die Frau mit etwas gebrochenem kölschen Dialekt in ihrer gewollten hochdeutschen Ausdrucksweise.

»Danke sehr für Ihre Auskunft, dann muss ich weitersuchen«.

»Warten se mal, ich glaub diese Qualität hab ich schon mal bei einem Händler aus Belgien oder Holland gesehen. Der wollte hier mit unserem Chef, als Großlieferant ins Geschäft kommen. Mein Chef hat aber diesen Driss net jenomme. Der hät nämlich ne Ruf zu verliere«.

»Ach ja, - Danke für den Hinweis«. Peter

verabschiedete sich und ging wieder in Richtung Wagen. »Holland«, dachte er, als er im Auto saß, »die vergewaltigte Frau Hartmann sprach doch von einem holländischen Dialekt eines der Täter. Vielleicht führen uns unsere Ermittlungen diesmal auch über die Grenze hinweg? Mal hören, was Thekla am Abend dazu zu sagen hat«.

Er fuhr wieder in Richtung Siegburg zum Präsidium, wohin sich auch Lisa gerade mit ihrem Wagen begab.

*

Die zehn Kilometer zwischen dem Flughafen Dresden und der Dresdner JVA legte das Taxi in siebzehn Minuten zurück. Der Flieger hatte Gegenwind und brauchte von Köln bis Dresden etwa sieben Minuten länger, als die angegebenen siebenundsechzig Minuten. Dies alles hatte Robert in seinen Planungen am frühen Morgen im Siegburger Polizeipräsidium berechnet. Nun saßen Thekla und Robert im Verhörraum der JVA mit einem Wärter, der sehr grimmig schaute, wahrscheinlich um dem Häftling, der nun in den Raum geführt wurde, Furcht einzuflößen. Ludger Hahn kam, begleitet von einem Hünen von

Wärter, durch eine Nebentüre hinein. Der Wärter musste mindestens zwei Meter zehn groß sein, schätzte Thekla

»Guten Tag Herr Hahn, wir sind von der Kriminalpolizei Siegburg in Nordrhein-Westfalen und würden Ihnen gerne ein paar Fragen stellen. Sind Sie damit einverstanden? «

»Hör zu, Süße, ich weiß warum Ihr hier seid, haben die mir schon erklärt, dass ich hier 'ne Aussage machen soll. Worum geht's denn? «

Thekla bemerkte sofort die angespannte Haltung von Robert, der neben ihr saß. Sie drückte unter dem Tisch mit der linken Hand auf Roberts Knie, was ihn zum Sitzenbleiben drängte.

»Herr Hahn, wir haben Beweise, dass Sie in der Nacht von vorgestern auf gestern in Bonn waren und dort eine Straftat begangen haben«.

»Was habt Ihr? « schrie Hahn wie von Sinnen. Dabei sprang er auf, sodass sein Stuhl umkippte. Wie ein Pfeil sprang nun auch Robert auf und stellte sich, wie ein Profiboxer in Positur, um einen Angriff gegen Thekla abzuwehren. Der Hüne allerdings war schneller als der Häftling Hahn und zwängte diesen zurück auf seinen Stuhl.

»Herr Hahn«, Thekla redete sehr ruhig und relativ leise, »wir haben Ihre DNA in Spermaspuren einer Vergewaltigung festgestellt, die im Zusammenhang mit einem späteren Banküberfall, stattgefunden hat. Diese DNA-Spuren sind zweifelsfrei Ihnen zuzuordnen«.

»Ihr müsst Euch irren«, Herr Hahn sprach zwar immer noch recht laut, blieb aber auf seinem Platz sitzen.

»Das dachten wir zunächst auch und haben die Analyse ein zweites Mal durchführen lassen. Mit dem gleichen Ergebnis«.

Der Häftling schüttelte wild den Kopf hin und her.

»Ich hatte zwar in der Zeit Freigang, wegen guter Führung, war aber die ganze Nacht über saufen. Das kann meine Mutter bestätigen. Bei der war ich nämlich kurz vorher und hab mir zweihundert Euro geliehen. Für Sex und um mir anschließend mal wieder richtig die Kante zu geben«.

»Sie bleiben also dabei, Sie waren nicht in Bonn, sondern hier in Dresden. Wo wohnt denn Ihre Mutter und in welcher Kneipe waren Sie? «

»Süße, hör mal, ich hab noch ein Jahr bis zur Entlassung. Meinst Du ich verstoße gegen irgendwelche Auflagen? Ich darf Dresden während eines Freigangs

nicht verlassen. Meine Mutter wohnt in der
Bismarckstraße und die Kneipe ist da die Ecke rum. Wie
das brünette Luder heißt, die es mir vorher besorgt hat,
weiß ich nicht. Hab mir keinen Ausweis zeigen lassen«.

»Okay, Thekla, komm wir haben genug gehört«,
Robert stand auf und wollte Thekla am Arm ziehen.

»Thekla heißt die Süße. Das ist doch ein alter
deutscher Name. So alt bist'e doch noch gar nicht, so
knackig wie Du aussiehst«. Ludger Hahn grinste über's
ganze Gesicht, als er aus dem Raum geführt wurde,
Thekla immer noch anschauend.

»Siehst Du, - ich wusste genau warum ich mitwollte«.

»Ach Robert, - das sind hier alles Menschen, die schon
lange weggesperrt sind. Wir wissen doch, dass so ein
Knastalltag bei den Menschen eine sehr niedrige
Toleranzgrenzgrenze hervorruft«.

Sie verließen den Verhörraum, gingen durch lange
Gänge bis sie an der Einlasspforte, wo sie ihre Ausweise
und Waffen abgegeben hatten, ankamen. Es hatte kräftig
angefangen zu schneien. Auf der Straße bildete sich
innerhalb von Minuten eine geschlossene Schneedecke.
Das gerufene Taxi brauchte, so kam es Robert jedenfalls

vor, eine halbe Ewigkeit, bis es ankam.

»Zum Flughafen bitte«, sagte Thekla, als Robert auch endlich das Taxi bestiegen hatte, nachdem er sich den Schnee von seiner Jacke geschüttelt hatte. Die Intensität des Schneefalls schien immer mehr zuzunehmen, sodass der Taxifahrer große Probleme hatte, die Straße, obwohl er nur Schritttempo fuhr, zu erkennen.

»Wollen Du heute noch Fliegen? «, erkundigte sich der Taxifahrer, in gebrochenem Deutsch, freundlich.

»Ja Klar, - unser Flieger geht in neunzig Minuten«, kam Robert's genervte Antwort. »Wenn Sie weiter so langsam fahren, schaffen wir es grade noch rechtzeitig«.

Thekla, die auf dem Rücksitz neben Robert saß, knuffte ihn in die Seite.

»Was soll der Mann denn machen? Schau doch mal raus, das ist ja wie Weltuntergang. So etwas erleben wir in Siegburg nicht, aber hier im Erzgebirge ist so ein Schneefall wahrscheinlich normal«.

»Nix normal«, sagte der Taxifahrer, »so stark nix normal«.

Als sie nach fast einer Stunde Fahrtzeit den Flughafen erreichten, hatte der Schnee bereits eine Höhe von ungefähr vierzig Zentimetern erreicht.

»Komm Schatz«, sagte Robert, »wir haben noch gute dreißig Minuten Zeit um einen Kaffee im Flughafen zu trinken«.

In der Halle angekommen, schaute Thekla auf die Anzeigetafeln der An- und Abflüge.

»Wir scheinen noch mehr Zeit zu haben. Es können auch ruhig zwei Kaffee werden und etwas zu Essen wäre auch nicht schlecht«.

Thekla zeigte auf die Anzeige.

»Abflug vermutlich 100 Minuten später«, stand da.

Robert ging wutentbrannt an den nächsten Abflugschalter und fragte, warum diese Verzögerung sei? Die lächelnde Bodenstewardess zeigte lächelnd durch die riesigen Glasscheiben hinaus auf die Startbahn.

»Die Start- und Landebahnen müssen geräumt werden. Bei dem starken Schneefall wird das allerdings dauern. Wenn es allerdings noch einige Stunden so weiter schneit, werden Sie heute gar nicht mehr fliegen können. Das schaffen unsere Schneefahrzeuge gar nicht alles. Nehmen Sie bitte Platz und warten Sie ab. Sie werden rechtzeitig informiert«.

Robert schien sehr wütend zu sein, als er zu Thekla zurückkam. War seine schöne Zeitkalkulation, die er in

Siegburg am Morgen angestellt hatte, anscheinend für die Katz. Wer konnte denn auch mit solchen Verhältnissen rechnen?

»Robert, - wir haben den neunten Dezember. Da ist es ganz normal, dass es schneien kann. Der Winter hält nun mal Überraschungen bereit«.

»Aber so kommen wir nicht rechtzeitig zu unserer abendlichen Fallbesprechung«.

»Ich rufe jetzt in Siegburg an und informiere Bollenkamp und die anderen. Dann treffen wir uns eben morgen früh im Büro und holen die Besprechung nach«.

Thekla griff zum Telefon.

Als Jan van Leuteren und Siggi Bruhns nach dem missglückten Bankraub endlich in Oberpleis ankamen, wartete Annastasia Lenko bereits hinter den Vorhängen ihres Hauses. Das Campingmobil fuhr langsam den steilen und durch das nasse Laub, sehr rutschigen Waldweg zum Haus hinauf. Es hatte angefangen zu regnen und somit kamen die beiden Männer erneut schon das zweite Mal an diesem Tag, durchnässt den Weg vom Gartentor zur Haustüre, hochgelaufen.

»Gott sei Dank sind die Köter im Haus«, sagte Jan, als sie an der Haustüre standen.

»Die Köter können Euch gerne mal in den Hintern beißen«, antwortete Anna, die hinter der Türe gewartet hatte und diese gerade öffnete.

»Nein, nein, so war das nicht gemeint, ich wollte nur …«

»Wo sind die Säcke mit dem Geld«, unterbrach Anna mit lauter Stimme. Sofort standen die Hunde rechts und links neben ihr.

Nachdem Siggi, noch im Regen stehend, den Hergang der Tat und den tödlichen Schuss, geschildert hatte, brach das Chaos über die beiden herein. Solch lautstarke Beschimpfungen mit solch üblen Ausdrücken, hätten die

Beiden nun wirklich nicht von einer Frau, schon gar nicht von dieser, für die Beiden sexuell so begehrten Schönheit, erwartet. Sie brüllte lauthals herum, was die Beiden doch für Versager seien. Sie hätte alles bis ins kleinste durchdacht, durchgespielt und organisiert. Nun hätte so eine blöde Kleinigkeit, wie das Herunterziehen eines Bartes, zu so einer Eskalation der Situation geführt.

»Da waren fünfeinhalb Millionen Euro im Tresor und warteten auf den Abtransport durch den Geldtransporter. Ich wusste das aus absolut zuverlässiger Quelle«, schrie Anna.

»Hast Du zufällig noch trockene Klamotten für uns? Diese sind ja genauso nass wie die im Camper«.

»Ich hab jetzt nur noch die trockenen Weihnachtsmann Kostüme, die für den Coup morgen gedacht sind. Die könnt Ihr gerne anziehen, während Eure Klamotten bei Euch zu Hause trocknen«.

»Wieso bei uns zu Hause?« fragte Jan, »du hast doch gesagt, wir…«, dabei zeigte er verheißungsvoll in Richtung des großen Bettes, inmitten des angenehm temperierten Raumes.

»Bist Du eigentlich nur verrückt?« fragte Anna, »Ich weiß, dass Ihr geil nach meinem Körper seid, aber glaubst

Du, ich gebe mich mit Loosern ab? Erst das Geld auf den
Tisch, habe ich gesagt. Schaut zu, dass der Überfall
morgen in der Bank in Königswinter klappt. Morgen will
ich das Geld sehen. Da sind mehr als acht Millionen zu
erwarten. Denkt aber daran, brennt nicht mit dem Geld
durch, ich hab Eure Visagen hier gefilmt und mit Euren
Namen werden meine weltweiten Kontakte Euch schnell
aufgespürt haben«.

Wie geprügelte Hunde standen Jan und Siggi nun in
den trockenen Kostümen, vor der keifenden Frau. Diese
hatte sich vor das Bett gestellt und ihr Kleid langsam zu
Boden gleiten lassen. Darunter war sie, bis auf einen
dünnen Tanga, nackt. Die beiden Männer konnten nun das
erste Mal die Frau mit ihrer schlanken Taille und dem
üppigen, aber festen Busen, hüllenlos sehen. Keiner der
Kerle traute sich aber, nur einen Schritt in Richtung des
Bettes zu machen, da die beiden Doggen davor lagen und
nur darauf warteten, von ihrem Frauchen einen Befehl zu
bekommen.

»Raus jetzt mit Euch, und seid morgen früh pünktlich
um fünf Uhr wieder hier, damit Ihr die Vorgehensweise
für den Überfall erhaltet«.

Die beiden Männer gingen rückwärts in Richtung der

Haustüre, immer den Blick auf die Hunde aber auch auf Anna gerichtet, die sich nun provozierend lasziv auf dem Bett räkelte und die Brüste streichelte.

Als Beide vor der Türe, mal wieder im Regen standen, stand Anna wieder auf und zog sich das Kleid über. Sie glaubte zu wissen, wie man Männer dieses Schlages dazu bekam, das zu tun was sie wollte. Schmunzelnd ging sie in die Küche, um sich ihren Lieblingstee zuzubereiten. Sie dachte über den Plan nach, wie sie morgen mit dem Geld aber ohne die beiden hormongesteuerten Vollpfosten in Richtung Lateinamerika fliegen würde, auch ohne ihre Hunde, die sie leider für diesen Plan brauchte.

Pünktlich um fünf Uhr klingelten die Beiden am nächsten Morgen am Gartentor von Anna. Eigentlich wollten sie, deshalb waren sie bereits viel früher dort, durch die Fenster des Hauses probieren, ob sie nicht einen Blick von dieser schönen Frau erhaschen konnten, aber die Furcht vor den beiden Doggen hinderte sie daran, das Gelände zu betreten. Sie hatten Angst davor, dass die Tiere auf dem weitläufigen Gelände freiliefen. Der Toröffner summte und Anna erschien bereits geschminkt und diesmal in einem hautengen roten Kleid mit

Applikationen bestehend aus Sternen, Kreisen und Verschnörkelungen im unteren Bereich, bis etwa zur Hüfte, die von weitem aussahen, wie züngelnde Flammen. Das Kleid hatte eine weite Kapuze, die ebenfalls mit den Ornamenten versehen war und dazu noch sehr weit ausgestellte Arme, etwa vom Ellenbogen an, hin zur Hand. Die Männer bekamen vor lauter Staunen den Mund nicht mehr zu, aber Annastasia winkte sie zu sich und rief:

»Nun macht mal ein wenig schneller, mir ist kalt«.

Wie kalt ihr war, erkannten die Beiden als sie näherkamen. Auf Anna's fester Brust zeichneten sich schon wieder die steifen Knospen ihrer Schönheit ab.

Nach einer Tasse Kaffee zum Aufwärmen, erklärte sie den Beiden den Plan für den Überfall auf die Bank. Er sollte ähnlich ablaufen, wie der erste Überfall, jedoch würde hier Reizgas eingesetzt, weshalb die Beiden, Atemschutzmasken vor sich liegen hatten.

»Damit Ihr nicht schon wieder Unsinn macht, habe ich Euch hier eine Waffe besorgt, jedoch ohne Munition. Zur Unterstützung Eurer Forderung, setzt Ihr aber das Reizgas ein«.

Verwundert sah Siggi hinüber zu Jan.

»Hälst Du uns für verrückt? « fragte er Anna.

»Nachdem Ihr mir gezeigt habt, dass Ihr schwache
Nerven zu haben scheint, ist mir diese Variante sicherer. «

*

Die Bankfiliale öffnete um zehn Uhr, gerade als Thekla
mit Robert in Richtung Flughafen Köln-Bonn unterwegs
war, um nach Dresden zu fliegen. Der Coup an der Bank
in Königswinter startete. Da hier die Nachricht eines
Überfalls am gestrigen Tag in Bonn, mit einem Toten,
tiefe Bestürzung ausgelöst hatte, wagte sich hier heute
niemand, sich den Anweisungen der Räuber zu
widersetzen. Mit gefüllten Jutesäcken eilten die Beiden
aus der Bank und flohen mit den, von Anna organisierten
Motorrädern, über die viel befahrene Heisterbacher Straße
in Richtung Thomasberg, um dann wiederrum in Boseroth
links ab nach Oberpleis, zu gelangen. Die Säcke mit dem
Geld hatten sie in den großen Packtaschen der beiden
Motorräder verteilt. Gerade als sie losfahren wollten,
hörten sie das Herannahen mehrerer Polizeiwagen. Der
"stille Alarm", der beim Öffnen des Tresors im Keller des
Bankgebäudes, ausgelöst wurde, hatte im
Polizeipräsidium Bonn den Alarm ausgelöst, da der
Bankdirektor, absichtlich neben dem Betätigen des

Schlüssels, die falsche Zahlenkombination seitlich der Tresortüre, eingegeben hatte. Auf den schnellen Enduro Maschinen wären die Beiden normalerweise den Polizeiwagen entwischt, wenn Jan beim Befahren der engen Gassen in der Königswinterer Innenstadt, beim fluchtartigen Befahren einer Rechtskurve nicht zu viel Gas gegeben hätte. So kam sein Vorderrad gegen den Bordstein und schleuderte, da Jan den Gaszug voll durchdrehte, auf der anderen Seite der Straße gegen einen abgestellten metallenen Rollcontainer eines Hotels, der dort zur Abholung durch die Müllabfuhr, bereitstand. Er überschlug sich kopfüber und landete mit dem Kopf so unglücklich auf dem Asphalt, dass er sich das Genick zwischen dem zweiten und dritten Halswirbel brach und augenblicklich verstarb. Siggi hatte davon nichts mitbekommen. Er fuhr wie ein Wilder in Richtung Oberpleis. Zwar bemerkte er nach einigen Kilometern, dass Jan nicht mehr hinter ihm war, aber er glaubte, er hätte zwecks Ablenkung der Polizei, einen anderen Weg durch die Wälder, gewählt.

Viertes Kapitel

Der Schneefall hatte nachgelassen, als um zwanzig
Uhr der Aufruf für den Flug nach Köln-Bonn durch die
Lautsprecher ertönte.

»Na endlich«, sagte Robert, der die ganze Zeit auf
seinem Smartphone die letzten Folgen seiner
Lieblingssendung "Grill den Henseler" geschaut hatte. Er
liebte diese Sendung, zum einen wegen der, wie er
meinte, witzigen Einlagen des Hauptakteurs "Henseler",
zum anderen wegen den kleinen Tricks, die die
Kandidaten beim Kochen anwandten und dem Henseler
so manchen Trick für seine eigenen Kocheskapaden
lieferten, womit er Thekla abends hin und wieder
überraschte. Er schaltete sein Smartphone aus und steckte
es in die Jackentasche. In diesem Moment klingelte
Theklas Handy.

»Nanu, unterdrückte Nummer? - Moment Robert, mal
sehen wer da was von mir will«. Sie gab Robert ihren
Rolli, damit dieser ihn hinter sich herziehen konnte. Sie
wollten jetzt keine Zeit verlieren und endlich in den
Flieger steigen.

»Ja Sommer, wer ist da?« meldete sie sich.

»Doris Kaminski hier, ich bin die Mutter von Jana, Davids Freundin«.

»Ich weiß wer Sie sind«, gab Thekla unfreundlich zurück, schließlich war es diese Schlampe, weshalb ihr langjähriger Freund und Vater von David, die Beziehung mit ihr beendet hatte und nach Siegburg-Kaldauen gezogen war, um näher bei seiner neuen Freundin, mit "mächtig Holz vor der Hütte", zu wohnen. »Was gibt es, ist etwas mit David? «

»Nein, - entschuldigen Sie meinen späten Anruf oder dass ich überhaupt anrufe, aber ich mache mir Sorgen um Jana. Sie vertraut sich mir in letzter Zeit nicht mehr an. Ich wollte mal hören, ob Sie vielleicht etwas wissen? «

»Was soll ich wissen? Worum geht's denn? «

»Na ja, ich mach mir halt Sorgen, ob sie schwanger ist? Seit einiger Zeit hat sich ihr Verhalten geändert, sie geht immer früh zu Bett, trägt weite Pullis und isst auf ihrem Frühstücksbrot Pfefferschmierkäse mit Erdbeermarmelade oder selbst gemachten Thunfischsalat mit dicken Zwiebelringen und einem Gemisch aus Zitronenträufel und Ketchup«.

Thekla wartete einen Moment und überlegte. Dann

sagte sie lachend und leicht ironisch:

»Dann werden wir zwei wahrscheinlich Oma. Keine
Angst, das krieg ich raus. Morgen werde ich mit David
darüber reden. Im Gegensatz zu Ihrem Mutter-Tochter
Verhältnis, haben wir nämlich ein sehr gutes Mutter-Sohn
Verhältnis. Aber auch Jana erzählt mir einiges aus ihrem
Leben. Also, ich kümmere mich darum, aber sagen Sie,
woher haben Sie eigentlich meine Rufnummer? «

»Von Bernd, - er meinte zu mir, das würde ihn nichts
angehen und wenn ich mich blamieren wolle, solle ich Sie
selber anrufen«.

»Na gut, - aber wenn sich die Sache geklärt hat,
löschen Sie bitte die Nummer aus Ihrem Handy«.

Thekla legte auf und da sie die Türe zum Flugzeug
erreicht hatte, schaltete auch sie nun das Handy aus.

»Was war denn? « wollte Robert wissen, »Du wirst
Oma? «

»Nun mal langsam. Jana's Mutter ist hysterisch. Jana
verhält sich komisch und isst wirres Zeug durcheinander.
Wahrscheinlich eine kurze Marotte oder ein neuer Hype
unter den Schülern. Vielleicht aber wirklich
Begleiterscheinungen einer Schwangerschaft. Aber dann
hätte David bereits mit mir darüber gesprochen. Dafür

kenne ich ihn zu gut. Oder? «

Thekla überlegte kurz. Dann kam sie allerdings zu der Überzeugung, dass sich ihr Sohn ihr bestimmt anvertraut hätte.

Während des gesamten Fluges wirkte Thekla jedoch etwas beunruhigt. War da doch etwas dran? Würde sie mit sechsunddreißig Jahren wirklich Oma? Sie schüttelte stumm den Kopf. »Unsinn«, dachte sie.

»Was ist eigentlich mit der Bankangestellten, die bei dem Mord nicht in Mitleidenschaft gezogen wurde? Die haben wir die ganze Zeit außer Acht gelassen, meinte Robert, kurz bevor das Flugzeug zur Landung ansetzte.

»Da hast Du recht, die haben wir irgendwie gar nicht in die Ermittlungen einbezogen. War sie vielleicht sogar eine Komplizin und hatte den Hinweis gegeben? Wir sollten ihr morgen mal einige Fragen stellen. Aber warten wir bis zu der morgigen Fallbesprechung. Ich bin gespannt, was die Kollegen heute so ermittelt haben. Morgen koordinieren wir die weiteren Ermittlungen

Sie hatte zum Mittagessen Bratkartoffeln für sich und Siggi gemacht. Dazu gab es Rote Beete aus dem Glas und Spiegeleier. Die drei riesigen Steaks, die Anna am Morgen aus dem Tiefkühlfach geholt hatte, verfütterte sie an die beiden Deutschen Doggen, ihre langjährigen Wegbegleiter.

»Wer weiß? « dachte sie dabei, »wann es wieder so etwas Leckeres für euch gibt«. Die Hunde schienen zu spüren, dass es eine Art Henkersmahlzeit war und dass etwas "in der Luft" lag. Sie fraßen nicht wie sonst, gierig, sondern ganz behutsam.

Jan van Leuteren war immer noch nicht mit der restlichen Beute angekommen und so verbrachten Anna und Siggi den Nachmittag damit, das Geld, welches sich immer noch in den Satteltaschen des Motorrades befand, zu zählen und auf dem Wohnzimmertisch zu stapeln. Vier Millionen vierhunderttausend Euro lagen auf dem Tisch. Siggi bekam glänzende Augen, denn er wusste, dass Jan etwa genauso viel in seinen Satteltaschen haben musste.

Anna schaute immer wieder auf die Uhr.

»Wo bleibt denn dieser Mistkerl? Wenn der mit der Beute abgehauen ist, schicke ich ihm meine Freunde von der Mafia auf den Hals«.

»Vielleicht haben ihn doch die Bullen eingeholt und er
sitzt jetzt im Verhörraum?« gab Siggi zu bedenken.

Jetzt wurde Anastasia Lenko sichtlich nervös. Sie
schaute auf die Armbanduhr. In drei Stunden würde ihr
Flieger nach Rio de Janeiro abheben. Gott sei Dank gab
es seit geraumer Zeit Direktflüge von Köln-Bonn aus.

»Ja, dann starten wir mal ohne Jan«, sagte Anna und
erhob sich. Nun will ich mein Versprechen einlösen«. Sie
knöpfte die oberen Knöpfe ihres bodenlangen
Kapuzenkleides auf und schaute in Richtung des breiten
Bettes. »Ich geh mich jetzt frisch machen. Du kannst Dich
schon mal ausziehen und Dich hinlegen. Weißt Du
Schatz«, sie sagte "Schatz" mit einem aufreizenden
Unterton, »mich macht es ungeheuer heiß, wenn mein
Liebespartner ans Bett gefesselt ist und ich ihn nach
meinen Wünschen so richtig mit dem Mund verwöhnen
kann. Da, neben dem Bett liegen Handschellen. Kannst
Du sie anlegen und am oberen Ende des eisernen
Bettgestells befestigen? Alleine die Vorstellung macht
mich so richtig an«.

Jan konnte es nicht fassen. Anna machte ihr
Versprechen wirklich wahr. Endlich sollte es zur

Erfüllung seiner größten Phantasien kommen. Sofort, in freudiger Erregung, nickte er mit dem Kopf.

»Alles was Du willst Anna, mach schnell, ich kann es kaum erwarten«. Er zog sich eiligst aus und warf sich auf's Bett. Anders als erwartet, waren die Handschellen aus Stahl und nicht aus Plastik, wie es sie im Erotikhandel gab. Aber das war ihm in der jetzigen Erregtheit egal. Er legte seine rechte Hand in die Handschelle, ließ sie zuschnappen und befestigte die andere Handschelle an den eisernen Verschnörkelungen am oberen Teil des Bettgestells. Dummerweise ließ er auch hier das Schloss zuschnappen.

Nach einigen Minuten kam Anna, begleitet von ihren beiden Hunden, aber immer noch völlig angezogen jetzt auch mit hohen Stiefeln, ins Zimmer.

»Willst Du jetzt für mich strippen? Das macht mich noch mehr an«, liebäugelte Siggi, mit der für ihn knisternden Situation.

»Du bist noch viel dämlicher, als ich gedacht hatte«, lachte Anna. »Glaubst Du wirklich, ich hätte jemals ernsthaft darüber nachgedacht, solche Kreaturen wie Euch beide an meinen Körper oder sogar in meinen Körper, zu lassen? Ihr wart von vornherein Figuren meines wohldurchdachten Plans, an viel Geld zu kommen. Wegen des Plans habe ich mich dazu hergegeben, mich mit der Lesbe von der Bank im Regierungsviertel zu vergnügen, um nach einigen Malen des für mich sehr unangenehmen lesbischen Beisammenseins, die Gewohnheiten des Geldabtransportes und der Öffnung der Bankfiliale, zu erkunden. Mit solch zwei Lappen, wie Ihr es für mich seid, würde ich niemals ins Bett gehen«.

»Aber«, würgte Siggi nun mit weit aufgerissenem Mund hervor, »wieso denn? Wieso sollte ich mich denn hier ins Bett legen und mich hier ans Bett fesseln?«.

»Denk mal drüber nach«, sagte Anna, als sie einen Koffer aus dem Nebenzimmer holte, ihn öffnete und dann die Geldpäckchen vom Tisch darin verstaute. Die gesamte Beute war im Koffer verschwunden, als Anna ihn schloss und mit einem Vorhängeschloss versah.

»Und mein Anteil? «, fragte Siggi, immer noch nackt, nun jedoch nicht mehr erregt, auf dem Bett liegend.

»Du bist wirklich blöder, als ich dachte. Deinen Anteil kannst Du bei Jan abholen, der jetzt wahrscheinlich bei den Bullen sitzt und winselt. Er wird sogar verraten, wo wir jetzt sind, das heißt, wo Du jetzt bist. Ich werde jetzt in jedem Fall verschwinden«.

Siggi zerrte an den Handschellen, während Anna sich ein Taxi zum Flughafen bestellte.

»Eh, - was soll das? Mach mich wenigstens los«.

Anna lachte laut und zynisch.

»Du mein Lieber, kannst hier auf die Polizei warten und so lange an Dir herumspielen. Nur, - versuche erst gar nicht Dich zu befreien und hier Radau zu veranstalten. Ich lasse Dir die Beiden hier«, sie zeigte auf die beiden Hunde, »damit Du nicht so alleine bist, aber Vorsicht, wenn ich nicht dabei bin, sind sie bissig «.

Anna zog die Haustüre hinter sich zu und ging in ihrem roten, eng geschnittenen Kapuzenkleid mit ihrem Koffer und einer Handtasche durch den winterlichen Wald, dessen Bäume ihre dunkelrot gefärbten Blätter noch nicht alle abgeworfen hatten, über die Hauszufahrt in Richtung Straße. Dort würde das Taxi halten und sie in ein wohlhabendes Leben fahren. Der gefälschte Diplomatenpass in ihrer Handtasche, den sie sich bereits vor Monaten besorgt hatte, würde ihr an den Flughäfen zur ungehinderten Ausreise und späteren Einreise nach Brasilien verhelfen. Durch ihre Immunität würde auch ihr Gepäck ohne kontrolliert zu werden, die Reise überstehen. Sie würde den Koffer aber nicht mit dem übrigen Gepäck der anderen Passagiere verstauen lassen, sondern darauf bestehen, dass er mit in den Passagierraum der Business Class genommen würde. Schließlich war sie ja Diplomatin.

Zehn Minuten nachdem Thekla's Flieger aus Dresden am Köln-Bonner Airport landete, starte die Maschine mit Anna und der Beute an Bord, in Richtung Rio.

Am nächsten Morgen waren alle Beteiligten der Ermittlungsgruppe II, zu deren Leiterin Thekla vor einiger Zeit ernannt wurde, im Präsidium. Thekla hatte die Begrüßung hinter sich und wollte die Ergebnisse vom gestrigen Tag zusammenfassen und in eventuellen Zusammenhang bringen, als um zehn nach Acht die Türe zum Besprechungsraum aufging und Fred Bollenkamp hereinkam.

»Fred«, sagte Thekla erstaunt, »Du auch schon hier? «

Sie bekam einen bösen Blick zur Antwort, obwohl sie es gar nicht böse gemeint hatte. Sie war es halt nur nicht gewohnt, dass ihr Chef schon so früh morgens im Büro war. Sie selber hätte heute Morgen auch gerne ihren, zweimal wöchentlich stattfindenden Dauerlauf, am Fuße des Michaelsberges, dem Wahrzeichen Siegburgs mit der ehemaligen Benediktinerabtei, gemacht. Das war ihr Training, dreimal die Runde von jeweils etwa ein Komma zwei Kilometer, um sich fit zu halten und ihre gute Figur zu behalten.

»Hier eine Meldung vom gestrigen Tag«, er übergab Thekla ein DIN-A4-Blatt, »könnte mit Deinem Fall zu tun haben. Banküberfall von zwei Männern im Weihnachtsmann Kostüm«.

»Danke sehr, ich…«, weiter kam sie nicht, da
Bollenstein sich bereits umgedreht und den Raum wieder
verlassen hatte.

Thekla schüttelte den Kopf. Hatte sie ihn mit ihrer
Bemerkung so verletzt?

»Hier steht, Gestern Morgen wurde die Bankfiliale in
Königswinter von zwei, als Weihnachtsmänner
verkleideten Tätern, unter Einsatz einer Waffe und
Tränengas, überfallen. Die Täter konnten auf Motorrädern
flüchten. Bei Verfolgung durch Streifenwagen, kam eins
der Motorräder von der Fahrbahn ab und stürzte zu
Boden. Der Fahrer kam dabei ums Leben. Die gefundene
Beute in den Satteltaschen war etwa die Hälfte, der
Gesamtbeute. Der zweite Täter konnte entkommen.
Gesamtbeute, etwa acht Millionen Euro«.

»Wie, verdammt nochmal, kamen die Täter an die
Informationen, dass die überfallenen Banken so viel Geld
vorrätig hatten? Normal sind solche Summen doch nicht
vor Ort in den Tresoren«. Robert erhob sich von seinem
Platz und fuchtelte mit den Händen in der Luft.

»Das ist ein Teil von dem, was wir heute herausfinden
sollten«, sagte Lisa zu Peter, der ihr kopfnickend
zustimmte.

»Genau«, meinte Thekla, »deshalb lasst uns einen Plan erstellen, wer heute welche Bereiche übernimmt. Peter, Du übernimmst bitte die Aufgabe und setzt Dich mit grenznahen Polizeipräsidien der niederländischen Kollegen in Verbindung und recherchierst nach Banküberfällen der letzten Jahre. Vielleicht hat unser Täter mit "niederländischem Akzent" dort bereits Überfälle nach ähnlichem Muster begangen. Lisa, fahr Du bitte bei den Kollegen der Schutzpolizei in Königswinter vorbei und lass Dir die genauen Umstände des Überfalls und der Flucht schildern. Des Weiteren stellst Du bitte alles sicher, was uns DNA-Spuren der Täter bringen könnte. Diese gleichen wir dann mit den gestrigen ab. Die Kollegen am gestrigen Einsatzort haben möglicherweise keine Spuren genommen, da sie einen Zusammenhang mit unserem Mordfall aus Unwissenheit über den Bonner Überfall nicht erahnen konnten. Königswinter fällt ja nicht mehr ins Bonner Kommissariat, sondern in unseres. Robert und ich fahren zu der Bankangestellten der Bonner Bank, die bei dem Überfall von den Tätern verschont blieb. Sie hatte Kenntnisse über die Höhe der Geldsumme an verschiedenen Tagen und darüber, wann der Filialleiter normalerweise über den Seiteneingang, die Bank betrat.

Robert hatte gestern die Idee, die Dame hinsichtlich des Insiderwissens und einem möglichen Zusammenhang mit dem Überfall, zu befragen. Vielleicht ergeben sich noch Ermittlungsrichtungen, die wir zurzeit noch gar nicht erkennen. Darüber hinaus wollen wir vor den Bonner Kollegen gut dastehen und den Fall möglichst zeitnah lösen«.

Alle stimmten Thekla's Worten zu und wollten sich von ihren Plätzen erheben.

»Eins noch«, Thekla hielt den Zeigefinger hoch und legte ihn sich dann an die Stirn. »Es macht mir immer noch zu schaffen, dass wir Spuren am Tatort gefunden hatten, die ganz eindeutig dem Ludger Hahn in Dresden zugeordnet werden können. Dieser jedoch sitzt in Dresden in Haft und behauptet, er hätte sich an dem Abend bei seiner Mutter Geld geliehen, um dies, - na ja, - ich sag mal, für Vergnügungen zu investieren. Die Überprüfungen der Passagierlisten vom gestrigen Tag hatten keinen Fluggast mit dem Namen Hahn ergeben. Auch ist der zeitliche Rahmen zwischen dem Überfall und dem Erscheinen nach Hafturlaub in der JVA Dresden zu gering, als dass er es hätte schaffen können. Dennoch machen mir diese eindeutig belegten Spuren noch

Bauchschmerzen«.

»Oh je«, meinte Robert, mit einem lustigen Unterton,
»da sind sie wieder, Theklas berühmte Bauchschmerzen
oder das, wie sie es immer nennt "Bauchgefühl"«.

Peter und Lisa schmunzelten.

»Du kannst jetzt denken was Du willst, - ich ruf jetzt
mal bei der Mutter in Dresden an, und lasse mir die
Aussage ihres Sohnes bestätigen. Wartet bitte, bis ich
wieder hier bin«.

Nachdem sie die Nummer herausgesucht hatte und mit
der Mutter des Inhaftierten gesprochen hatte, betrat sie
wieder kopfschüttelnd den Besprechungsraum.

»Ich verstehe das einfach nicht. Die Mutter bestätigte,
dass sie ihrem Sohn zweihundert Euro gegeben hätte und
er nachts weg war. Am nächsten Morgen kam er wieder
zu ihr um zu duschen, etwas zu frühstücken und sich
wieder auf den Weg in die JVA zu machen. Ich habe ihr
meine Handynummer gegeben, falls ihr noch etwas
einfallen sollte, was uns eventuell weiterhelfen könne«.

»Dann mal los, an die Arbeit«. Diesmal war Robert die
treibende Kraft. Er merkte, dass Thekla etwas sehr
beschäftigte. Zwei Personen mit identischer DNA, das
würde Thekla keine Ruhe lassen.

Lisa wurde freundlich auf der Königswinterer Polizeiwache in Empfang genommen. Ihr jugendliches Aussehen und ihre kokette Art gefielen den uniformierten Beamten. Bevor Sie dazu kam, die ihr aufgegebenen Fragen zu stellen, musste sie sich im hinteren Bereich der Wache in einer Art Aufenthaltsecke hinsetzen. Sofort brachte ein junger Kollege Kaffee und ein anderer, der Lisa's Opa hätte sein können, öffnete eine Dose mit Christstollen.

»Den hat meine Frau selber gebacken. Nach einem Rezept ihrer Oma aus dem Erzgebirge«, sagte er.

Sofort musste Lisa an ihre Kollegen denken, die gestern im Erzgebirge waren.

»Hm, der ist aber köstlich«, grinste Lisa, »bestellen Sie Ihrer Frau mal ein großes Lob von mir«

Der Mann grinste sehr zufrieden und schaute sich in der Runde um, ob auch alle dieses Lob gehört hatten.

Lisa erfuhr, dass die Beamten die Leiche selbstverständlich zur Rechtsmedizin hatten bringen lassen. Schließlich handelte es sich um einen Straftäter, dessen Identität anhand seines Ausweises, den er bei sich hatte, zwar bekannt war, aber aus ermittlungstechnischen Gründen schrieb die polizeiliche Arbeit eine Obduktion in solch einem Fall vor. Das Ergebnis läge noch nicht vor, da die Bonner Rechtsmedizin sehr viel zu tun hätte, durch sehr viele Gewaltdelikte in Bonn innerhalb der letzten Tage, aber sobald etwas bekannt würde, könne man Lisa informieren. Der jüngere Beamte, der neben Lisa am Tisch gesessen hatte, holte grinsend Papier und Bleistift und fragte:

»Wie ist denn Ihre Handynummer? «

»Schon gut«, gab Lisa lächelnd zurück, da sie die plumpe Art durchschaut hatte, ihre Handynummer preisgeben zu sollen,»ich rufe selber in der Rechtsmedizin an«.

Thekla stand auf, verabschiedete sich mit einem:»und Sie grüßen bitte Ihre Frau von mir«, und verließ die Polizeiwache.

"Jan van Leuteren, Bad Honnef" hatte sie sich auf einem Zettel notiert. Sie rief Thekla an.

»Lisa, was gibt's? « meldete sich Robert.

Lisa hörte die Fahrgeräusche im Hintergrund und fragte deshalb nicht nach, warum Robert das Gespräch entgegengenommen hatte. Sie wusste, dass Thekla es hasste, wenn jemand während der Fahrt telefonierte. Der Gesetzgeber hatte das nicht umsonst mit Strafe belegt. Sie hatte bereits zu viele Unfälle mit Toten erlebt, bei denen das Telefonieren während der Fahrt, ursächlich für diese Unfälle war.

»Der tote Weihnachtsmann, der mit dem Motorrad verunglückte, wohnte in Bad Honnef. Das ist von hier aus ein Nachbarort. Soll ich da direkt mal hin? «

»Nein, lass mal«, antwortete Thekla, immer die Straße beobachtend, »ohne Eigensicherung durch Kollegen gehst Du da bitte nicht hin. Wir sind auf dem Weg nach Bonn-Poppelsdorf. Da wohnt diese Doris Armbender, die Angestellte der Bank, die bei dem Mord Zeugin war. Wenn wir von ihr zurückfahren, melden wir uns bei Dir. Vielleicht fahren wir dann gemeinsam zu der Adresse in Bad Honnef. Such Dir ein Café und trink 'ne heiße Schokolade. Wir melden uns«.

»Alles in Ordnung, so machen wir es«.

Lisa legte auf.

Robert hingegen informiert Peter Ludwig, der sich um ähnliche Überfälle im grenznahen Gebiet, bei den niederländischen Kollegen erkundigen sollte, um so eine Identität zu dem aktuellen Täter der hiesigen Bank, herleiten zu können.

»Peter Ludwig«, meldete er sich aus seinem Büro im

Siegburger Kommissariat.

»Ja, Robert hier, wir haben die Identität des toten Weihnachtsmannes aus Königswinter. Er hieß Jan van Leuteren und wohnte zuletzt in Bad Honnef. Lisa hat die Adresse und wartet auf uns, wegen eines Zugriffs. Kannst Du bei Fred eine Hausdurchsuchung beantragen und mit dieser zu Lisa fahren? Sie wartet auf uns in einem Café in Bad Honnef. Vielleicht könnt Ihr auf uns warten? Wir gehen dann gemeinsam in das Objekt. Wir sind gleich in Poppelsdorf, bei Frau Armbender. Nach der Anhörung rufen wir Euch an und können uns irgendwo in Eurer Nähe treffen«.

»Also brauche ich die niederländischen Kollegen nicht weiter anfragen? Okay, - wir machen es, wie Du vorgeschlagen hast. Bis gleich«.

»Die nächste Straße rechts. Sie haben das Ziel erreicht. Das Ziel liegt rechts«

»Was ist das denn für eine komische Stimme, im Navi?« fragte Thekla. »Klingt ja abartig«.

»Dat is die Kölsch Marie«, entgegnete Robert amüsiert. Die hab ich eingestellt um wenigstens hin und wieder einen kleinen kölschen Dialekt zu hören. Du magst das ja nicht so sehr, wenn ich zuhause kölsch rede«.

Nachdem Thekla geklingelt hatte, öffnete Frau Armbender die Haustüre.

»Guten Tag Frau Armbender, sie kennen uns ja noch von gestern Morgen. Wir hätten noch ein paar Fragen. Heute nicht auf der Arbeit?« begann Robert das Gespräch.

»Mein Arzt hat mich ein paar Tage Krank geschrieben. Die Aufregung war doch zu groß für mich. Der Überfall und der Tod meines Chefs«.

»War das wirklich so überraschend für Sie?« fragte Thekla, als sie die Wohnung betraten.

Mit aufgerissenen Augen schaute Doris Armbender Thekla an.

»Wie meinen Sie das denn?«

»Nun ja, Sie waren die einzige, die die Abläufe der Bank kannte. Warum war denn bei Ihnen so viel Geld im Tresor?« wollte Thekla wissen.

»Was erlauben Sie sich? Ich bin seit fünfundzwanzig Jahren Mitarbeiterin der Bank und vollkommen integer. Das viele Geld stammte aus den umliegenden Filialen im Stadtgebiet. Damit der Geldtransporter das Geld zentral von einer Stelle abholen konnte, hat man sich dazu entschlossen, die Bestände der Banken bei uns vierzehntägig zusammenzuführen und in einem Transporter bei uns abholen zu lassen. Dies wurde schon seit einigen Jahren so praktiziert«.

»Frau Armbender, - wer wusste alles von dem Prozedere? Ihr Mann vielleicht auch? «

»Ich war nie verheiratet. Mit den Männern hatte das nie so richtig geklappt. Mit Frauen schon eher«.

»Leben Sie mit einer Frau zusammen? « wollte Robert wissen.

»Das geht Sie gar nichts an«, wurde Robert angefaucht.

»In dem Fall schon«, ging Thekla dazwischen, »hier geht es um Mord«

»Ich wohne lieber alleine. Seit ein paar Wochen habe ich eine Beziehung mit Daniela. Daniela Daniloff, eine sehr nette und adrette Frau«.

»Schön, Frau Armbender, - wie haben Sie denn diese Daniela kennengelernt? «

»Sie stand eines Tages bei uns in der Bank. Ich hatte Dienst an der Kasse und Daniela, also Frau Daniloff wollte einige Rubel in Euro wechseln. Ich erklärte ihr, dass wir bei einem höheren Betrag eines Währungstausches immer zuerst den entsprechenden Betrag anfordern müssen. Sie fand das schade, schaute mir aber irgendwie so liebenswert in die Augen. Wissen Sie, wenn man eher Frauen mag, dann entwickelt man ein Gespür für die Frauen, die ebenso empfinden«.

»Und, - weiter? «

Robert forderte auf, endlich weiterzusprechen, bekam dafür aber von Thekla, schon wieder strafende Blicke. Schon oft hatte er von Thekla gesagt bekommen, wenn sich ein Verdächtiger gerade öffnet und im Redefluss sei, solle man ihn auf keinen Fall unterbrechen und ihm Gelegenheit geben, sein Herz auszuschütten.

Frau Armbender schaute Thekla hilfesuchend an.

»Wir haben uns spontan für nachmittags zum Kaffee in einem nahegelegenen Café verabredet. Wir waren uns sofort sympathisch und haben uns sogar bei der Verabschiedung geküsst. Wir haben uns bisher nur dreimal gesehen, zweimal hier bei mir und einmal bei ihr zuhause. Sie hat so ein wunderschönes großes und weiches Bett«. Verlegen senkte sie nun den Blick.

»Haben Sie jemals über Interna der Bank oder über Abläufe der Geldtransfers gesprochen? «

»Ich sagte doch eben bereits, ich bin eine sehr integre Frau und absolut zuverlässig. Nein, - niemals habe ich darüber gesprochen und sie hat nicht ansatzweise danach gefragt«.

Frau Armbender stutzte einen Moment und schien angestrengt nachzudenken.

»Doch, - warten Sie mal«, kamen die Worte langsam und immer noch nachdenklich aus ihrem Mund.

»Als ich das letzte Mal bei ihr war und wir erschöpft nach unserem Liebesspiel beisammen lagen, fragte sie mich, was ich überhaupt für eine Funktion bei der Bank hätte. Ich sagte daraufhin völlig ohne Argwohn, ich sei für die Kasse und den Geldbestand im Tresor zuständig. Als sie dann meinte, die Verantwortung sei da gewiss nicht so groß, da es sich nicht um so eine große Bank handele, erzählte ich von der vierzehntägigen Abholung durch einen Geldtransporter«.

Wieder stockte Frau Armbender, bevor sie weitersprach.

»Sie lachte daraufhin und meinte, dass würde ich mir doch jetzt nur ausdenken. Ich bräuchte vor ihr doch nichts erfinden, das mit dem Zusammenlegen anderer Filialen an einen Ort sei doch nicht üblich. Erst als ich erzählte, dass diese Prozedur auch in Königswinter so ablaufe, gab sie Ruhe. Wir haben den ganzen Abend nicht mehr darüber gesprochen«.

Augenblicklich schauten sich Thekla und Robert an.

Bingo.

Hier schien die Lösung zu liegen.

»Bitte geben Sie uns den Namen und die genaue Anschrift der Frau«.

»Ja also, Daniloff, wie sie gesagt hat, fünfunddreißig Jahre, Russische Staatsbürgerin, eine traumhaft schöne Figur…«

»Frau Armbender! Die Adresse bitte«, sagte Robert.

»Ich habe die Adresse nicht, irgendwo bei Oberpleis. Ich kann Ihnen den Weg zeigen, wenn Sie mich mitnehmen. Es ist ein sehr schönes Haus, mitten im Wald, etwa zwei Kilometer hinter Oberpleis«.

»Nein«, sagte Thekla, »wir können Sie nicht mitnehmen. Können Sie mir hier auf der Handy App zeigen, wo das ist? «

»Na klar, - zeigen Sie mal, - hier, ja genau hier wohnt sie. Schauen Sie, wenn man es vergrößert, sieht man sogar die Zufahrt von der Hauptstraße zu ihrem Haus«.

»Frau Armbender, ich muss Sie jetzt inständig bitten, hier zu Hause zu bleiben und auf unsere Nachricht zu warten. Sollte Frau Daniloff sich bei Ihnen melden, erzählen Sie nicht, dass wir hier waren. Noch eins, rufen Sie um Himmels willen nicht bei ihr an, um uns dort anzumelden. Verhalten Sie sich einfach ganz ruhig hier in ihrer Wohnung«.

»Ich habe gar keine Telefonnummer von ihr«, sagte Frau Armbender.

»Was?«, sagte Robert, »Sie gehen mit der Frau mehrmals ins Bett und haben noch nicht mal eine Telefonnummer von ihr? «

In dem Moment fiel ihm ein, dass er es bisher ja ähnlich gemacht hatte, mit den Mädels, die er abgeschleppt hatte, bevor er und Thekla ein Paar wurden. Manchmal kannte er noch nicht mal den Namen von dem Mädchen, mit dem er gerade Sex hatte.

»Komm jetzt«, drängte Thekla, »und Sie bleiben bitte hier und warten auf unsere Nachricht. Ja? «.

Frau Armbender nickte und schaute den Beiden erstaunt nach, als sie zu ihrem Dienstwagen eilten und mit quietschenden Reifen losfuhren. Thekla fuhr ziemlich schnell von Poppelsdorf aus, über den Bonner Talweg und die Reuterbrücke in Richtung Autobahn, die nach der Südbrücke als Bundesstraße 42, weiter in Richtung Königswinter führte. Robert hatte Lisa und Peter telefonisch beim Kaffee gestört und ihnen den Treffpunkt an der Kreuzung in Oberpleis genannt, wo sie sich treffen wollten. Gleichzeitig wurde ein Sondereinsatzkommando der Polizei informiert. Sie hatten es schließlich hier mit sehr gewaltbereiten Verbrechern zu tun, die vor Waffeneinsatz nicht zurückschreckten.

Sieben Minuten später trafen sie am vereinbarten Treffpunkt ein.

»Lasst uns mit einem Auto weiterfahren«, schlug Thekla vor, »so kommen nicht so viele Autos vorgefahren und machen die Situation überschaubarer. Das SEK kommt auch gleich«.

Sie fuhren bis zu der Stelle, an der die Einmündung der Hauszufahrt, den Berg hoch in den Wald führte. Dort stellten sie den Wagen mit eingeschalteter Warnblinkanlage an den Straßenrand, um auf die Kollegen zu warten. Plötzlich klingelte Thekla's Handy.

»Ja«, sagte Thekla nur ganz kurz, da sie angespannt war kurz vor dem Zugriff.

»Hier ist Doris Kaminski, ich wollte nur kurz...«

»Jetzt nicht«, unterbrach Thekla, »es ist grade ziemlich ungünstig«.

»Aber ich wollte Ihnen nur schnell sagen, dass wir beide keine Omas werden. Jana hat ihre Tage bekommen. Sie bat mich gerade, Tampons vom Einkaufen mitzubringen«.

»Ja, schön, doch im Moment interessiert mich das nicht. Danke für die Info, aber ich muss jetzt auflegen«.

Thekla drückte die rote Taste ihres Handys. Sie überlegte, es besser ganz stumm zu schalten, schließlich könnten die Kollegen jeden Moment eintreffen. Ein klingelndes Telefon könnte bei dem Zugriff sicherlich ein enormes Risiko bergen. Sie griff erneut zu ihrem Smartphone, um es "stumm" zu schalten. In diesem Moment klingelte es wieder.

Thekla nahm das Gespräch wütend an.

»Ich sagte doch, es ist mir im Augenblick sehr egal, ob Ihre Tochter ihre Tage bekommen hat, oder nicht...«

»Hallo«, hörte Thekla eine krächzende Stimme, »hallo, ist da die Kommissarin aus Bonn? «

Thekla stutzte. Sie schaute auf das Display und erkannte die Nummer nicht sofort. Dann fiel ihr ein, dass sie selber diese Nummer am Morgen angerufen hatte. Das musste die Mutter des Mannes sein, dessen DNA sie am Tatort gefunden hatte und der in Dresden im Gefängnis saß.

»Was gibt es denn?« fragte Thekla in einem sehr unfreundlichen Ton, was normalerweise überhaupt nicht ihre Art war. Jetzt jedoch vor dem bevorstehenden Zugriff, war auch sie bis zum Äußersten angespannt. »Ist Ihnen noch etwas eingefallen?«

»Ja, ich habe Ihnen nicht die volle Wahrheit erzählt«, stotterte die Dame am anderen Ende, »damals, vor fünfunddreißig Jahren habe ich nicht nur den Ludger zur Welt gebracht. Es waren Zwillinge, - zwei Jungs. Es waren fünf Jahre vor der Wende, und weil mein Mann damals ganz wenig verdiente und ich nur Hausfrau war, hat mir die Stasi einen Jungen einfach weggenommen. Erst nach der Wende habe ich zufällig erfahren, dass mein anderer Sohn nach Westdeutschland adoptiert wurde. Die Stasi wollte so wohl langfristig einen Spion platzieren, sozusagen als "Schläfer". Mein Sohn hatte damals von uns den Namen Siggi bekommen. Wie er jetzt mit Nachnamen heißt, weiß ich nicht. Die Adoptionsbehörden wollten mir keine Angaben machen, - angeblich wegen des Datenschutzes«.

»Haben Sie vielen Dank für diese brisante Information. Sie haben uns sehr geholfen. Gerne werde ich mich bald nochmals mit Ihnen in Verbindung setzten. Jetzt jedoch muss ich dringendst das Gespräch beenden«.

Thekla schaltete das Smartphone nun ganz aus, da die Kollegen vom SEK mit zwei schwarzen VW-Transportern angefahren kamen.

»Macht bitte Eure Telefone auf "lautlos", es geht los!«.

Es fing an zu schneien, als Thekla mit dem vollbesetzten Wagen die laubbedeckte Zufahrt durch den Wald hinauffuhr. Die roten und dunkelgelben Blätter, die noch an den Bäumen hingen, brachten kurzzeitig Kindheitserinnerungen an ihre eigene Kindheit im Westerwald, zurück. Dort hatte an manchen Winterabenden, wenn es stark schneite, der Vater einen Schlitten hinter dem Renault R4 gespannt, auf den sich Thekla und ihre Mutter setzten. Der Vater fuhr dann langsam über Feldwege mit eingeschaltetem Licht und Warnblinkleuchten durch den verschneiten Wald. Das war eine echte Gaudi für uns. Damals gab es noch nicht so viele Autos wie heute und in dem Dorf, in dem Thekla aufgewachsen war, schon gar nicht. Es waren traumhaft schöne Erinnerungen, doch Thekla musste sich nun konzentrieren. Sie hielt vor dem kleinen Gartentor an. Hinter ihr nahten die Transporter und stoppten. Sofort sprangen zehn ganz in schwarz gekleidete, mit Helmen und Maschinenpistolen des Typ MP7 des Herstellers Heckler & Koch, versehene Männer heraus. Auf das Zeichen ihres Gruppenführers hin, liefen sie in einer Reihe geduckt hintereinander zu dem Haus und umstellten es. Es war lautes Hundegebell zu hören, aber auch Hilferufe eines Mannes.

Siggi Bruhns hatte die Autotüren gehört und schrie nun laut um Hilfe. Die Hunde, die die ganze Zeit in der Küche warteten, dass endlich die Kühlschranktüre aufging, aus der Annastasia, ihr Frauchen, die leckeren Steaks geholt hatte, hörten die Autotüren ebenfalls und bellten schwanzwedelnd, da sie glaubten, ihr Frauchen wäre zurückgekommen.

»Da schreit doch jemand um Hilfe«, meinte Thekla zu dem Gruppenführer, der gemeinsam mit Thekla, Robert, Peter und Lisa, den Weg zum Haus hinaufging.

»Was ist da los? « fragte er durch ein am Kragen angebrachtes Mikrophon, mit dem er mit den Kollegen verbunden war.

Der Kollege der an der günstigsten Position, an einem der Fenster stand, antwortete:

»Männliche Person mit Handschelle am Bett gefesselt. Zwei Deutsche Doggen stehen bellend hinter der Wohnungstüre. Keine weitere Person sichtbar«.

Nach kurzem Überlegen sagte der Einsatzleiter:

»Okay, - Mensch in Gefahr, -wir gehen rein«.

Zu dem Mann, der ihm die Lage geschildert hatte sagte er: »Zerschlag die Scheibe und gib zwei Warnschüsse in die Decke. Schau wie sich die Tiere verhalten. Sollten sie angreifen, habt Ihr und damit meinte er alle, Schussfreigabe«.

Man hörte das Klirren von Glas seitlich vom Haus, anschließend zwei Einzelschüsse aus dem MG. Dann war Ruhe.

»Hat er die Hunde erschossen? « fragte Lisa mitleidig.

»Nein, dann hätten Sie mehrere Schüsse gehört. Meine Ansage war, zwei Warnschüsse und gegebenenfalls finale Rettungsschüsse«.

»Wie sieht's aus? « wollte der Einsatzleiter wissen, als er ins Micro sprach.

»Die Hunde sind verängstigt mit eingeklemmten Schwänzen in die Küche gelaufen. Ich bin schon durch's

Fenster rein geklettert und versuche, die offenstehende Küchentüre zu schließen«.

»Und die Eigensicherung? « fragte der Gruppenchef nun in barschem Ton.

»Kollege sichert mich mit Gewehr im Anschlag«.

»Vorbildlich«, grinste der Mann, der bei den Siegburger Kripobeamten stand, »die verhalten sich wie im Lehrbuch. Meine Ausbildung«, dabei schlug er sich mit der flachen Hand gegen seine Brust.

Die Eingangstüre wurde nun von innen geöffnet, da sie bei Anastasia's Abreise nur ins Schloss gezogen wurde. Fünf Beamte des SEK stürmten hinein und sicherten alles, auch den Kellerbereich, ab.

Thekla und die anderen betraten die Wohnung, in der sich nur der nackte Mann auf dem Bett befand. Er hatte die Decke beim Abwehren der Hunde auf den Boden gleiten lassen und lag nun, völlig nackt vor den Beamten. Lisa schaute auf den Penis und drehte sich zu Robert um. Leise flüsterte sie:

»Das muss der Niederländer sein«.

Robert schaute sie fragend an, da er die Äußerung nicht verstand, wobei er die Stirn in Falten legte und die Augen halb zusammenkniff. Dann sah er, dass Lisa ihre

Hand in seine Richtung hob um mit dem Daumen und dem Zeigefinger einen Abstand von etwa zwei Zentimetern zeigte. Jetzt Begriff Robert und fing lauthals an zu lachen, wobei er sich den Mund zuhalten musste.

Der Einsatzleiter befahl:

»Öffnen!« wobei er auf die Handschellen zeigte. Ein Beamter lief zum Transporter und kam stark verschneit zurück, da ein heftiger Schneeschauer runterkam.

Als er seine Hand nun frei bewegen konnte, bedeckte er mit beiden Händen seine Genitalien.

»Danke«, sagte er, »ich dachte schon, ich müsste hier verrecken. Haben Sie die dumme Kuh, Annastasia erwischt? Hat sie Ihnen von mir erzählt? «

»Nun mal langsam«, sagte Thekla. »Wer sind Sie und was machen Sie hier? «.

»Ich bin Siggi Bruhns und was ich hier mache ist eine lange Geschichte«.

»Moment mal, - Siggi, - aus Dresden? « fragte Thekla zögernd, da sie Zusammenhänge zu dem Telefonat von eben, suchte.

»Ja, ich komme aus Dresden und bin von meiner Mutter verstoßen worden, soweit mir erzählt wurde. Ich bin dann hierhin adoptiert worden und meine Eltern, also meine Adoptiveltern hießen Bruhns. Wie meine richtigen Eltern heißen, ist mir nie gesagt worden«.

»Dann wissen Sie auch nicht, dass Sie einen Zwillingsbruder haben, der in Dresden in der JVA sitzt? « fragte Thekla.

Siggi schüttelte den Kopf.

»Wo ist denn die von Ihnen eben erwähnte Annastasia hin? « Thekla war sich sicher, dass es sich um die gleiche Frau handele, die eben von Frau Armbender erwähnt wurde, nur dass sie sich bei ihr als Daniela Daniloff vorgestellt hatte.

»Sie ist mit der Beute abgehauen. Ein ganzer Koffer voll Geld. Über vier Millionen Euro«.

»Wohin abgehauen? Mit welchem Wagen ist sie unterwegs? «

»Soweit sie sagte, sei sie nun weg, das Taxi würde gleich kommen. Wohin, weiß ich nicht. Die Alte hat mich einfach hier zurückgelassen. «.

An Lisa gewandt sagte Thekla: »Sofort alle Grenzübergänge überwachen lassen, Personenfahndung, Flughäfen überwachen lassen!«.

Lisa nickte und ging zum Einsatzwagen, um die Kollegen zu informieren.

»Nun mal Klartext«, wandte sich Thekla wieder an Siggi, sind Sie verantwortlich für die beiden Banküberfälle von gestern und heute, bei dem gestern ein Mann erschossen wurde? «

Siggi senkte nun, immer noch auf dem Bett sitzend, den Kopf. Dann nickte er.

»Den Schuss hat aber der Jan abgegeben. Jan van Leuteren, der ist mit dem anderen Teil der Beute abgehauen.«

»Nein, ist er nicht«, gab Thekla zurück, »er hat sich heute Morgen auf der Flucht, bei einem Sturz, das Genick gebrochen und ist verstorben«.

Thekla schaute Robert an und zeigte mit dem Kopf in Richtung Siggi. Er verstand sofort auch ohne Worte diese Andeutung, nahm aus seinem Hosenbund die Handschellen und ging zum Bett.

»Ach, - nicht schon wieder diese Dinger. Bin ich doch grade erst los«.

»Herr Bruhns, ich nehme Sie vorläufig fest wegen zweifachen Bankraubes in Tateinheit mit Mord. Sollte der Richter Ihrer Aussage folgen, wird aus der Festnahme wegen Mordes, zumindest Beihilfe zum Mord oder aber ein gemeinschaftlicher Mord. Sie brauchen sich nun nicht weiter äußern und können jederzeit einen Anwalt hinzuziehen. Haben Sie das verstanden? «

Siggi blickte nickend zu Boden, als seine Hände auf dem Rücken fixiert wurden und ihm eine Decke, sowie ein an der Garderobe gefundener Mantel, umgelegt wurde. Die Beamten des SEK hatten sich bereits zurückgezogen und fuhren den schmalen Waldweg zurück zur L268 in Richtung der Autobahn 3, wo sie in Richtung ihres Quartiers in Sankt Augustin-Hangelar davonbrausten und auf ihren nächsten Einsatz warteten. Mit dem Festgenommenen im Auto wurde es nun für die anderen drei ziemlich eng, aber bis zu der Stelle, an der Peter und Lisa ihre Autos, nahe Oberpleis, abgestellt hatten, war es nicht weit. Über Funk rief man die uniformierten Kollegen der nahegelegenen Oberpleiser Wache. Diese übernahmen dann Siggi Bruhns und brachte ihn ins Siegburger Polizeipräsidium. Dort wurde er in die Zelle gesperrt, bis der Richter am nächsten Tag einen Haftbefehl erlassen würde und die Verlegung in eine JVA, zur Untersuchungshaft, erfolgen würde.

*

Jana's Mutter war überglücklich. Voller Überschwang kaufte sie nicht nur Tampons für Tochter, sondern wollte ihr als freudige Überraschung, eine Käse-Sahne Torte backen und Kakao kochen.

»Mama«, rief Jana aus ihrem Zimmer in der ersten Etage, als sie die Mutter vom Einkaufen zurückkommen hörte, »Mama, mir ist so schlecht, ich glaub' ich muss kotzen«.

Eiligst brachte Doris Kaminski ihrer Tochter einen Eimer mit etwa fünf Zentimeter Wasser befüllt, ans Bett.

»Wieso das Wasser? « fragte Jana.

»Das hat meine Mutter schon bei mir so gemacht, wenn ich nach zu viel Alkoholgenuss glaubte, mich übergeben zu müssen«.

»Mama«, Jana schaute sehr vorwurfsvoll, »ich trinke nie so viel, dass mir schlecht wird. Ich glaube dass ist von dieser vielen komischen Fresserei. Weißt Du, wir haben in unserer Schulklasse so eine komische Challenge gestartet. Jeder sollte ziemlich viel Unübliches, gemischt essen. Dann sollte es aufgeschrieben werden und am Monatsende würde alles miteinander verglichen. Wer das meiste kuriose Gemisch gegessen hätte, hätte gewonnen. Ich glaube aber, nach dem heutigen Tag breche ich ab.

»Bin ich froh«, seufzte Janas Mutter laut» und ich dachte schon, du seist schwanger«.

»Mama«, diesmal war Jana die Erschrockene, »ich bin sechzehn. Glaubst Du etwa, ich will jetzt schon schwanger werden. Ich will erst mal mein Abi in der Tasche haben«. Sie stellte den Eimer auf dem Fußboden ab und fügte noch schmunzelnd hinzu: »Mit achtzehn ist noch früh genug«.

Doris nahm diese Äußerung ernst und erschrak fürchterlich.

»Bist Du des Teufels«, rief sie laut.

»Das war doch Spaß«, beruhigte Jana ihre Mutter lächelnd.

»Erzähl aber bloß keinem von Deinen Befürchtungen. Allein der Gedanke, jemand könnte davon mitbekommen, dass Du gedacht hättest, ich …«, Jana schaute ihrer Mutter in die Augen und erkannte, dass sie es bereits ausgeplaudert hatte.

»Wem hast Du von Deiner absurden Vermutung erzählt? Nicht etwa Deinem Freund Bernd, Davids Vater? David wäre außer sich, wenn er als erstes von jemand anderem erfahren würde, wenn er Vater würde«.

Doris wandte den Blick von Jana weg in Richtung des

Fensters.

»Nicht Bernd«, sagte sie leise.

»Sondern«, hakte Jana forschend nach.

»Thekla Sommer«

»Mama! «, schrie Jana jetzt ihre Mutter an, »ausgerechnet Thekla, mit der ich eine so harmonische und freundschaftliche Beziehung pflege. Es ist die Schwiegermutter, die ich mir am besten vorstellen könnte, und Du, Du vermasselst mir mit Deinem Gequatsche die Harmonie mit der Mutter meines Freundes? Was soll die jetzt von mir denken? «

»Aber, - ich habe gedacht, weil Du so komische Sachen durcheinandergegessen hast, bei mir war das nämlich auch so«.

»Was soll die jetzt denken, dass sie Oma wird? Ich muss dringend David anrufen, damit er Entwarnung gibt.

»Lass mal«, sagte Doris, »ich habe Thekla schon kurz Bescheid gegeben. Sie hatte nur keine Zeit zum Reden«.

»Was soll sie auch groß mit Dir reden? Erst nimmst Du ihr den Mann weg, und nun machst Du sie mit Deiner Erzählerei auch noch zur Oma«.

Jana drängte ihre Mutter aus dem Zimmer und nahm das Smartphone zur Hand. Wie sollte sie das nur ihrem

Schatz klar machen?

*

In der abendlichen Fallbesprechung der
Mordkommission Siegburg, Dienstgruppe II, herrschte
entspannte Stimmung.

»Ich wäre darauf, ehrlich gesagt, nie gekommen«,
sagte Robert Hanf, vor versammelter Mannschaft.

»Tja«, meinte Thekla, »ich habe ehrlich gesagt an
diese Konstellation auch nicht gedacht. Dabei ist doch
bekannt, das eineiige Zwillinge immer die gleiche DNA
haben. Niemand wusste allerdings, dass es sich hier um
Zwillinge handelte«.

»Zumal auch die sichergestellten Fingerabdrücke in
der Wohnung des Vergewaltigungsopfers in keiner Datei
der Polizei vorhanden waren«, warf Peter ein.

»Ich habe mal gelesen«, fügte Lisa dem Gespräch jetzt
hinzu, »dass eineiige Zwillinge zwar immer die gleiche
DNA haben, jedoch die Fingerabdrücke nie zu einhundert
Prozent übereinstimmen«

»Genau deshalb haben wir ja auch keine
Übereinstimmung bei dem Ludger Bruhns, in Dresden,

finden können, obwohl er zu einhundert Prozent,
aufgrund der Spermaanalyse, tatverdächtig war«,
resümierte Thekla.

Die Tür zum Besprechungsraum ging auf und Alfred
Bollenkamp kam, genau wie bei der am gleichen Morgen
stattgefundenen Besprechung, herein.

»Hallo Fred«, begrüßte ihn Thekla sehr freundlich, in
der Hoffnung, den kleinen Fauxpas vom Vormittag damit
wieder gut zu machen. »Gibt es noch was zu dem Bonner
Fall? «

»Nein, nein, der Festgenommene wird morgen früh
dem Haftrichter vorgestellt. Ich gehe davon aus, dass er
die nächsten Jahre gesiebte Luft schnappen muss, aber ..«,
Fred Bollenkamp nahm sich einen Stuhl und setzte sich
an den Besprechungstisch zu den anderen.

»Zunächst einmal möchte ich Euch mein Lob
aussprechen. Wir haben den Bonner Kollegen gezeigt,
dass auch die Siegburger gute Leute haben. Keine sechzig
Stunden habt Ihr gebraucht, vom Mord bis zur
Festnahme. Gratulation«.

Lisa, Robert und Peter klopften mit den Knöcheln ihrer
Fäuste, anerkennend auf die Tische.

»Aber, - nun kommt etwas nicht so Angenehmes«.

Fred wirkte bedrückt, als er das sagte.

»Um Gottes Willen«, sagte Thekla erschrocken, »was ist denn los? «

»Ich habe eben ein längeres Telefonat mit Sybille Salz gehabt«.

»Was ist mit Sybille? Geht es ihr schlechter? « wollte Thekla wissen.

»Also, Sybille hat wohl den Eindruck, mit ihren fünfzig Jahren nicht mehr fit genug für den Außendienst zu sein. Sie bat mich, vorerst mündlich, schriftlich würde folgen, um Versetzung in den Innendienst. Ich muss Euch ehrlich sagen, Sybille und ich arbeiten seit über zwanzig Jahren in der hiesigen Dienststelle zusammen. Sie hat sich nie in den Vordergrund gedrängt und wollte nie eine höhere Position, auch wenn ich sie ihr mehrfach angeboten hatte, annehmen. Sie wollte immer "im Hintergrund" arbeiten. Dass sie vorgestern Morgen bei dem Einsatz in Bonn auf dem Schnee ausgerutscht war und sie deshalb ins Krankenhaus musste, hat sie sehr mitgenommen. Der unglückliche Sturz auf die Dienstwaffe hat sie nun dazu veranlasst, darüber nachzudenken, den Platz für jemand Jüngeren und fitteren, frei zu machen«.

»Oh je, - sie wird mir in der Gruppe fehlen«, bedauerte Thekla Fred's Worte. Kann Sybille denn nicht hier bei mir im Team bleiben und die Korrespondenz, die Recherchen im Internet, den Telefondienst und administrative Aufgaben, übernehmen? «

»Wie zum Beispiel Kaffee kochen«, warf Robert belustigt ein.

»Robert! « Thekla's Stimme wurde sehr laut, als sie mit der flachen Hand auf den Tisch haute und ihren Lebensgefährten strafend anschaute.

»Ich dachte ja nur«, sagte dieser kleinlaut.

»Also, darüber habe ich auch schon nachgedacht. Ich habe gerade zwei noch offene Planstellen in dieser Richtung bewilligt bekommen. Eine davon kann Sybille auf dem kleinen Dienstweg bekommen. Dann wird aber Sybilles Planstelle frei und die müsste neu ausgeschrieben werden«

»Moment«, warf Thekla ein, »wir haben hier eine sehr fähige Kommissar Anwärterin sitzen«, Thekla schaute zu Lisa, »Lisa Drollig hat sich bei den letzten Fällen, als sehr engagierte und mit zielführenden Überlegungen, kompetente Ergänzung des Teams, präsentiert. Wenn ich eine Empfehlung für die nun vakant werdende Stelle geben dürfte, dann Lisa Drollig.«

Lisa glaubte ihren Ohren nicht. Hatte Thekla das gerade wirklich gesagt? Sie schaute Peter und Robert an, die beide zustimmend nickten. Das Grinsen in Lisas Gesicht wurde immer breiter und sie spürte, dass ihr das viele Lob die Röte ins Gesicht trieb. Sie war es nicht gewohnt, von Vorgesetzten bei deren Vorgesetzten, dermaßen hervorgehoben zu werden.

»Gut, Thekla, dann werde ich das«, er schaute hinüber zu Lisa, »mit Frau Drollig in die Wege leiten«. Wieder zu Thekla gewandt, fügte er hinzu, »ich denke, bei einer internen Nachbesetzung wird keine Stellenausschreibung notwendig sein. Ich prüfe das und gebe Dir Bescheid. Aber selbst bei einer Ausschreibungspflicht, befürwortest Du die Bevorzugung der Kollegin Drollig? «

»Auf jeden Fall«, antwortete Thekla.

Fred stand auf und verließ den Besprechungsraum.

Lisa sprang von ihrem Platz auf, hob die geballten Fäuste in Schulterhöhe und tänzelte auf der Stelle, wie ein kleines Mädchen, dass ihre Lieblingspuppe zu Weihnachten geschenkt bekommen hatte. Dabei jauchzte sie: »Es darf nicht wahr sein. Ich freue mich so sehr, dass ich hierbleiben darf. Danke Thekla«. Sie lief zu ihrer Vorgesetzten und fiel ihr um den Hals.

Thekla freute sich mit Lisa, da sie vermutete, in ihr eine ebenbürtige Kollegin, für Sybille Salz, zu bekommen.

»Zur Feier des Tages«, sagte Lisa immer noch freudig erregt, »möchte ich Euch alle einladen«.

Robert rieb sich über den Bauch und leckte sich die Lippen, in Erwartung auf seine geliebte Currywurst.

»Nein«, sagte Lisa zu Robert, »nicht zu Fritten Paul nach Kaldauen, - ich dachte an das kleine Café Loyal, dem gemütlichen veganen Café auf der Wilhelmstraße gegenüber des Siegburger Bahnhofs. Dort halte ich mich in letzter Zeit öfters auf. Die haben dort leckeren Cappuccino auch mit Mandelmilch und tolle Torten«.

»Da freuen wir uns aber sehr drüber«, meinte Thekla schnell, da sie die ablehnende Art Roberts gegen alles Neue und vor allem Gesunde, kannte«.

Beim Verlassen des Präsidiums ging die Gruppe, die wenigen Hundert Meter zum Bahnhof zu Fuß. Robert flüsterte leise zu der neben ihm gehenden Thekla:

»Aber hinterher fahren wir zu Fritten Paul«.

ENDE

Leseprobe des nächsten Krimis

Rhein-Sieg-Kreis Krimi

Mord in Wesseling

Thekla im Visier

Der sechste Fall von Kommissarin Thekla Sommer

Erstes Kapitel

Die mit einer Kamera bestückten Drohne eines
Hightech Ausrüsters, surrte durch den nächtlichen
Himmel im Garten des Hauses an der Straße "Am
Stallberg", in Siegburg-Stallberg, neben der TÜV-
Prüfstelle. Julius Winterhagen hatte ein halbes Jahr mit
der Drohne Flugübungen gemacht, bis er glaubte, endlich,
die für seinen Plan gestohlene Drohne, perfekt zu
beherrschen. Der Warenhausdetektiv in Köln-Porz hatte
großes Glück, dass er während des Diebstahls aus dem
ersten Stockwerk, sich selber im zweiten Stockwerk
befand. Julius Winterhagen hatte die elektronische
Sicherung, die um die Verpackung befestigt war, sowie
das Code-gesicherte EAN-Etikett, entfernt, so wie er es
im Gefängnis gelernt hatte. Weiterhin hatte er sich
vorsorglich ein Smith & Wesson Boot Knife Stiefelmesser
mit Lederscheide, besorgt, dessen 14,5 cm lange Klinge,
er demjenigen bis zum Anschlag in den Körper gerammt
hätte, der ihn hätte aufhalten wollen. Er wollte nicht mehr
in den Knast aber er wollte seinen Racheplan ausführen.

Nun jedoch stand er im Garten von Thekla Sommer, der Siegburger Kommissarin der Mordkommission, deren Vater, Peter Sommer, ehemaliger Hauptkommissar und Leiter der Bonner Mordkommission, der vor einigen Jahren in den wohlverdienten Ruhestand versetzt wurde, ihn, Julius Winterhagen, wegen einer Tat festgenommen und angeklagt hatte, die er nicht, jedenfalls nicht so wie die Anklage lautete, begangen hatte. Der Richter hatte bei seinem Urteil wegen Totschlags in minder schwerem Fall, die gesetzlich festgelegte Höchststrafe von zehn Jahren verhängt. Zehn Jahre im Knast und unter erbärmlichen Umständen leben. Was hatte er, der nicht wie ein Hühne gebaut war, nur alles ertragen müssen. Für andere die Zellen putzen, Urinale und Duschräume mir der Zahnbürste reinigen, in der Gemeinschaftsdusche sich fast täglich nach der Seife auf dem Boden bücken. Nein, - das war ein für alle Mal vorbei. Nie wieder würde er in den Knast zurück gehen. Die ganzen Jahre über schmiedete er an einem Plan, wie er dies alles demjenigen, der ihn damals verhaftet hatte, heimzahlen könne. Nein, - nicht dem Kommissar würde er die Peinigungen genauso beibringen. Der Kommissar würde viel schlimmere Qualen erleiden, wenn seiner geliebten Tochter das alles widerfahren würde.

Die Kamera machte gestochen scharfe Aufnahmen, die auf dem Boden abgestelltem Monitor, wiedergegeben wurden. Julius ließ die Drohne an die beleuchteten Fenster fliegen. Im Erdgeschoss, augenscheinlich das Wohnzimmer, saß Robert Hanf, der Kommissar und Kollege, gleichzeitig aber auch Lebensgefährte von Thekla. Er hatte sich gerade den Rest Bier ins Glas geschüttet, den Fernseher ausgeschaltet und ging die Treppe ins Obergeschoss, nachdem er das Licht gelöscht hatte, hinauf. Julius lenkte die Kameradrohne zu dem beleuchteten Fenster im ersten Obergeschoss. Da die Rollladen nicht heruntergelassen wurden, sah er ins Badezimmer, in dem Thekla gerade aus der noch dampfenden Duschkabine stieg.

»Da bist Du ja, Du kleiner Goldfasan, bald wirst Du mir gehören. Ja, - trockne Deinen sanften Körper mit Deinen kleinen und wohlgeformten Brüsten gut ab«, murmelte Julius, bei dem schönen Anblick.

Thekla trocknete sich mit dem Duschtuch gerade den Po, die Beine und ihre rasierte Bikinizone, als Robert ins Badezimmer schaute. Sie besprachen etwas und Robert ging ins Nebenzimmer. Auch dort wurde nun das Licht angeschaltet. Hier wurden allerdings die Rollladen herabgelassen, bis auf einen Spalt von etwa zehn Zentimetern. Es war das Schlafzimmer, auf dessen Bett er sich, nachdem er sich ausgezogen hatte, hinlegte. Zwei Minuten später kam Thekla in ihrer splitterfasernackten Schönheit ebenfalls ins Schlafzimmer und legte sich zu Robert.

Zentimeterweise lenkte Julius die Kamera genau zu dem schmalen Spalt, der offen geblieben war. Er beobachtete, wie sich die beiden leidenschaftlich küssten, bevor Thekla sich auf ihre Seite des Bettes kniete und mit dem Kopf in Höhe seines Unterleibes verblieb. Thekla hatte sich mit dem Rücken zum Fenster postiert und so sah Julius nicht, was sie dort anstellte. Dafür hatte er jedoch einen ihm zugewandten Po und leicht gespreizte Beine in kniender Haltung, vor sich.

*

Zeitgleich zu dem Geschehen in Siegburg-Stallberg, lenkte Kai Wollanski seinen blauen Dacia über die Kölner Straße in Wesseling.

»Hier muss es doch irgendwo sein. Die sagten mir doch, "neben einer Kneipe" und "über einem Erotik-Shop", solle es sein. Hier ist doch die Kölner Straße, - oder?« murmelte er, als er durch die Windschutzscheibe die einzelnen Häuser am Straßenrand absuchte. Er hielt seinen Wagen an, suchte in seinem Smartphone auf Google-Maps die Position und nickte. »Ja, - Kölner Straße, ich bin richtig«, sagte er sich, wie zu einem imaginären Beifahrer. Er wendete den Wagen auf der relativ schlecht ausgeleuchteten Straße und fuhr langsam in die entgegengesetzte Richtung. Da war es, ein rot ausgeleuchtetes Schaufenster. Lieblos mit Alufolie ausgekleidet und mittendrin eine aufblasbare Plastikpuppe mit einem Tanga bekleidet und offenstehendem Mund.

»Wie kann man nur auf so etwas abfahren«, dachte er sich als er den Wagen einige Meter weiter abstellte. Er ging zu dem Geschäft zurück und schaute auf die restlichen Auslagen. Da lagen Kondome unterschiedlicher

Farben, eine Reitgerte, Handschellen aus Plüsch und einige unterschiedliche Vibratoren, von denen einer sogar von innen her leuchtete.

»Hier bin ich richtig«, dachte sich der sechsunddreißig jährige Kai, als er in der ersten Etage, Licht brennen sah. Er umrundete das Haus, um von der Rückseite möglicherweise unbeobachtet eindringen zu können. Er hatte, als Bodybuilder hatte er auch die Figur dazu, aus dem Frankfurter Milieu den Auftrag bekommen, den Bewohner der Wohnung aufzufordern, den schuldigen Geldbetrag in Höhe von zwanzigtausend Euro, den Julius Winterhagen nach einer langen Pokernacht schuldig geblieben war, einzutreiben. Die Adresse von Julius stand auf dem Schuldschein.

Kai Wollanski hebelte die rückwärtige Türe, die in den Hof führte, mit einer im Hof gefundenen Eisenstange, auf. Die Türe sprang aus dem Schloss und Kai schlich in die erste Etage. Vor der Wohnungstüre stellte er sich in Schlagposition und klopfte.

Es öffnete niemand. Offenbar wurde das Licht brennen gelassen, um vorzutäuschen, es sei jemand in der Wohnung. Mit einem Dietrich öffnete Kai, wie er es bereits mehrere Dutzend Mal gemacht hatte, die Türe und betrat die Wohnung.

Julius war, weit nach Mitternacht, als die beiden Liebenden in dem Siegburger Einfamilienhaus das Licht gelöscht hatten, in sein Auto gestiegen, nachdem er seine Kameradrohne sorgsam verstaut hatte. Der Monitor, auf dem er das Treiben beobachtet hatte, hatte die gesamte Szenerie auf einem USB-Stick aufgezeichnet. Vielleicht könne er das noch nutzen, wenn er Thekla erstmal in seiner Gewalt hätte und sie erbarmungslos schänden würde.

Dreißig Minuten später fuhr Julius von der Autobahn kommend, am Wesselinger Krankenhaus vorbei, in die Kölner Straße. Hier, wo sich das nette Café befand, an dem der Gewerbeverein der Stadt Wesseling etwa einhundert Schirme über die Straße zwischen den Häusern angebracht hatte, was auf Julius den Eindruck eines Schirmdaches zur Einkaufsstraße machte, musste er noch vorbeifahren, bis zu seiner Unterkunft. Es hatte leicht zu schneien begonnen, wie meistens um die Karnevalszeit.

»Übermorgen ist schon Rosenmontag«, dachte er sich, der Tag an dem er sich Thekla holen wollte. »dann wird endlich mein Plan umgesetzt. In dem Karnevalstreiben wird keiner bemerken, wenn ich eine bewusstlose Frau durch die Menge trage. Es wird so manch einer wieder zu viel trinken, so auch die Frau, die er "nach Hause" trägt«. Als Julius wieder zuhause war und sich auf einen heißen Grog mit Baccardi freute, während er die Türe zu seiner Wohnung öffnete, stand Wollanski bereits hinter der Wohnungstüre. Der Schlag mitten ins Gesicht traf Julius unvorbereitet und so konnte er ihm nicht ausweichen. Er spürte Blut aus seiner Nase quillen und ging in die Knie, konnte aber den Sturz noch abfangen. Blitzschnell zog er sein Messer aus dem Stiefelschaft und sprang in den Flur seiner Wohnung. Kai Wollanski sah das Messer und wich rückwärts nach hinten in die Wohnung aus. Als ihn das Messer in Nähe seines Herzens traf und er es danach sofort noch einmal in gleicher Höhe spürte, stolperte er über die niedrige Ecke des dort stehenden Glastisches, fiel der Länge nach auf die Glasplatte und spaltete sich den Schädel, als er damit auf die dicke Kristallglasplatte aufschlug. Blut spritzte wie aus einer gefüllten Dachrinne über den Teppich.

142

»Verdammt nochmal, wer ist das denn?« dachte er
sich, als er sofort bei ihm war und sah, dass der Mann tot
war. »Der versaut mir meinen ganzen Plan. Verdammte
Scheiße, was mach ich denn jetzt bloß?«

Julius schloss die immer noch offenstehende
Wohnungstüre, ging ins Badezimmer und schaute sich
sein Gesicht an. Die Nase war dick angeschwollen und
das Blut tropfte immer noch aus der Nase. Er wusch sich
sein Gesicht eiskalt ab, da er annahm, das würde die
Blutung stoppen. Zusätzlich steckte er sich
zusammengedrehtes Toilettenpapier in beide Nasenlöcher.
Krampfhaft versuchte er seine Gedanken zu ordnen. Er
wollte nie wieder in den Knast, dies hier würde ihm jetzt
allerdings wahrscheinlich lebenslänglich einbringen. Kein
Richter würde ihm glauben, dass er dieses Blutbad nur
aus Notwehr angerichtet hatte. Gehetzt sah er sich im
Raum um, bis er das breite graue Klebeband auch
Panzerband genannt, auf der Anrichte neben dem Tisch,
sah. Er fasste kurzerhand einen Plan, denn er dachte:

»Ohne Toten, auch kein Mord«.

Ohne lange zu zögern und wie von Sinnen, umwickelte

er den gesamten Kopf des Toten mit dem Klebeband. Er sah nun am Kopf aus, wie eine Mumie. Den Körper wickelte er in den, ebenfalls stark blutverschmierten Teppich, den er auch mit dem Klebeband fixierte. Er packte den Teppich über seine kräftigen Schultern und trug ihn, nachdem er die Wohnungstüre hinter sich ins Schloss gezogen hatte, zu. Langsam schlich er die Treppe nach unten, obwohl sonst keiner mehr im Haus war, außer der Gummipuppe im Schaufenster. Er konnte nicht mehr klar denken. Er war lediglich darauf fixiert, die Leiche verschwinden zu lassen. Schnell war die Teppichrolle im Kofferraum verladen und Julius startete den Motor. Auf der Autobahn 555 in Richtung Köln, kam ihm der Gedanke: »Nein, Köln geht nicht, da ist die Nähe zum Tatort zu sehr gegeben«, also fuhr er über die Autobahn 4, um am "Heumarer Dreieck" auf die A3, in Richtung Frankfurt zu fahren. Den Kopf voller wirrer Gedanken, fuhr er am Autobahnkreuz Bonn/Siegburg ab und lenkte seinen Wagen über die A560 in Richtung Altenkirchen.

»Du musst die Leiche loswerden«, hämmerte es in seinem Kopf. Er fuhr in Hennef von dem Autobahnzubringer ab und befuhr die Landstraße 333 in

Richtung Eitorf. Als das Tachometer eine gefahrene Strecke von etwa einhundert Kilometern, gemessen ab Wesseling, anzeigte, wurde es ihm zu bunt. »Die Leiche muss unbedingt weg und der Abstand zum Tatort ist nun groß genug«. Er hatte die Ortschaften "Stein" und "Blankenberg" hinter sich gelassen und fuhr an der nächsten Möglichkeit nach links ab, in Richtung "Merten". Hier musste er eine Brücke überqueren.

»Warum nicht hier«, dachte er. Er hielt an, öffnete auf der dunklen Brücke den Kofferraum und durchschnitt das Klebeband, welches den Teppich zusammenhielt. Der Leichnam kullerte auf die Straße. Als er die Taschen des Opfers durchwühlte, näherte sich ein Auto auf der Siegtalstraße, fuhr aber weiter und bog nicht in Richtung "Merten" ab. Erleichtert durchsuchte er die Taschen des Toten. Nichts war mehr in ihnen, was die Identität hätte verraten können. Kurzentschlossen ließ er die Leiche mit dem Mumienkopf ins Wasser fallen. Den Teppich warf er hinterher. Die Strömung würde schon dafür sorgen, dass beides unterschiedlich abgetrieben würde. Was er nicht bedacht hatte, beziehungsweise, was er gar nicht wusste, da er Erdkunde immer hasste, war, dass die Sieg bei Hersel in den Rhein mündet und somit auch später wieder an Wesseling vorbeifließt. Wenn er Pech hätte, wäre er einhundert Kilometer umsonst gefahren.

Rhein-Sieg-Kreis Krimi

Mord in

Sankt Augustin

Fehlerhafte Liebe

Der vierte Fall von Kommissarin Thekla Sommer

Erstes Kapitel

Die fünfköpfige Siegburger Band, unterstützt von der Sängerin und Songwriterin Carolin Karnath, die heute als Frontfrau von der Band engagiert worden war, spielte bereits seit drei Stunden Lieder aus den achtziger und neunziger Jahren.

Insgesamt vierzehn Monate war dieses Fest bis ins Kleinste geplant worden. Ganz genaue Vorstellungen hatte die fünfunddreißigjährige Monika Jungbluth von diesem Tag, bereits seit ihrer Pubertät. Es sollte der, wie es wohl der Wunsch eines jeden Mädchens ist, schönste Tag in ihrem Leben werden. Obwohl sie die eigentliche Hochzeitsplanung einem professionellen Wedding Planer überlassen hatte, waren doch sehr viele Kleinigkeiten im Umfeld, abzuklären.

Die einhundertzwanzig Gäste waren alle mit dem Essen fertig und der feierliche Teil war vor fast einer

Stunde durch den Hochzeitstanz eröffnet worden. Monika Jungbluth, die jetzt Monika Kaarst hieß, konnte vom ausgelassenen Tanzen nicht genug bekommen. Ihr Mann allerdings, der vierundvierzigjährige Oliver Kaarst, der vor zwei Jahren unerwartet zwölf Millionen Euro im Lottojackpot gewonnen hatte, konnte und wollte nicht mehr auf der Tanzfläche rumhüpfen. Ihm war irgendwie schlecht geworden und er schwitzte auch in dem, durch die vielen Menschen aufgeheizten Saal des Schlosses Langenbach, was zu diesem Anlass, am Rande von Sankt Augustin, angemietet wurde. Die Küche hier war weit über die Grenzen von Nordrhein-Westfalen bekannt und so wurde hier manches berauschende Event gegeben.

Oliver Kaarst saß an der Tafel alleine an seinem, für den Bräutigam, reservierten Platz und schien belustigt den tanzenden Gästen zuzusehen. Seiner Frau Monika tat es allerdings leid, dass ihr frisch Angetrauter diesen wundervollen Tag nicht genau wie sie, feiern und genießen konnte. Hatte er sich doch genauso aufgeregt wie sie und den ganzen Vortag auf die Trauung und die hoffentlich gelingende Feier gefreut. Lachend und vom

Alkohol schwankend, kam sie an den Tisch zu ihrem Schatz.

»Geht es Dir so schlecht?« fragte sie, als sie sich nach unten zu ihrem auf seinen verschränkten Armen auf dem Tisch liegenden Ehemann beugte.

Ein lauter, schriller Schrei durchdrang den Festsaal. Die Musik hörte augenblicklich auf zu spielen und alle drehten sich zu der Braut um. Diese hatte ihren Mann mit weit geöffneten Augen, tot am Tisch sitzend, aufgefunden. Sie war in Anbetracht der schlechten Luft im Saal, ihrem viel zu engen Hochzeitskleid und dem Schock, der ihr gerade widerfahren war, bewusstlos zusammengebrochen. Zum Glück waren unter den Gästen zwei Ärzte. Der eine war Stationsarzt in der Uniklinik Bonn, der andere ein niedergelassener Internist in Sankt Augustin. Beide leisteten sofort erste Hilfe. Die Frau wurde in eine stabile Lage gebracht mit Hochlagerung der Beine. Den Mann versuchte man mit sofortiger Herzdruckmassage, zu reanimieren. Nach vier Minuten war das Notarztteam des nahegelegenen Krankenhauses vor Ort und übernahm mit der entsprechenden technischen Ausstattung die weitere Erstversorgung. Nach etwa zwanzig Minuten wurde

allerdings jeder Wiederbelebungsversuch eingestellt. Das
Ärzteteam war sich einig. Der Tod war eingetreten.

Frau Kaarst ging es mittlerweile etwas besser,
nachdem man ihr das Kleid geöffnet, die Korsage
gelockert und eine kreislaufstabilisierende Spritze,
gegeben hatte.

Die alarmierte Polizei der nahegelegenen Wache in
Sankt Augustin war mit drei Mann einige Minuten nach
dem Notarzt vor Ort. Nachdem der Notarzt seine
Reanimationsversuche eingestellt hatte, teilte er den
Polizisten mit, dass bei Herrn Kaarst wahrscheinlich ein
"nicht natürlicher Tod" eingetreten war. Die
Polizeibeamten verständigten daraufhin die Kollegen der
Mordkommission und die Spurensicherung. Weiterhin
wurde auch Verstärkung von der nahegelegenen Wache
gerufen, da bei der Masse an Gästen eine Ordnung nur
sehr schwer aufrechtzuerhalten war. Schließlich durfte
zunächst niemand den Tatort, um den es sich hier
handelte, verlassen.

*

Thekla Sommer hatte es sich, nachdem das Mittagsgeschirr in der Spülmaschine eingeräumt war, in ihrem kleinen Garten des gemieteten Einfamilienreihenhauses, im Siegburger Stadtteil Stallberg, gemütlich gemacht. Sie las gerade die "Autobiografie eines Siegburgers - Im Nebel des Erwachens", als sie im Haus ihr Handy klingeln hörte. »Warum habe ich denn das Ding schon wieder vergessen mit rauszunehmen«, dachte sie, als sie ins Haus lief. Sie erkannte die Nummer von Robert, ihrem Kollegen bei der Siegburger Kriminalpolizei und seit einiger Zeit auch Lebenspartner. Er war nach einem Wasserrohrbruch der Mieter über seiner Wohnung, kurzerhand und kurzzeitig, bei Thekla eingezogen, da das Zimmer von David, ihrem Sohn, sowieso leer stand. Dieser war schon einige Zeit vorher zu seinem Vater gezogen, da er glaubte, als Teenager dort mehr Freiraum zu genießen.

»Ja mein Schatz, was gibt's? Hast Du die Eintrittskarten vergessen? « Robert war mit seinem Kumpel auf dem Weg zu einem Konzert, dessen Namen sie vergessen hatte.

»Ich wollte Dir nur Bescheid sagen, dass uns auf der Flughafenautobahn, kurz vor der Ausfahrt >Troisdorf<

ein Reifen geplatzt ist und Sebastian gerade noch den Wagen abfangen konnte. Er hat zwar die Leitplanke touchiert aber uns ist, außer Blechschaden, nichts passiert«.

»Soll ich Dich abholen?« fragte Thekla aufgeregt.

»Nein, ich wollte Dir nur Bescheid sagen. Mit dem Konzert, das wird nichts mehr. Wir warten auf den ADAC zum Abschleppen. Kann noch etwas dauern«.

»Danke, dass Du Bescheid gesagt hast. Ich geh dann weiterlesen. Ich bin im Garten«.

Thekla drückte den roten Knopf am Handy und war in Gedanken bei der Autobiografie. Auf der Terrasse angekommen klingelte das Telefon schon wieder.

»Typisch, - der vergisst immer etwas zu sagen«, dachte sie, als sie das Gespräch annahm.

»Was hast Du vergessen? « fragte sie schmunzelnd.

»Wie vergessen? Nichts. Wir haben einen Einsatz«.

Alfred Bollenkamp, der Leiter der Siegburger Mordkommission und Vorgesetzter von Thekla, schien etwas aufgebracht. »Unklare Todesursache im Schloss Langenbach in Sankt Augustin. Da ist eine riesige Hochzeitsgesellschaft und der Bräutigam ist tot. Es gibt jetzt viel zu tun für Euch. Ich ruf' die anderen aus Deinem

Team an. Spurensicherung ist schon auf dem Weg. Sagst Du Robert Bescheid? «

Er beendete das Gespräch, bevor Thekla etwas sagen konnte. Seitdem sie zur Dienstgruppenleiterin, eines der drei Teams der Siegburger Abteilung "Kapitalverbrechen", ernannt wurde, erwartete man von Thekla nun auch selber administrative Arbeit in ihrem Verantwortungsbereich, zu übernehmen.

Sie überlegte nicht lange, nahm ihre Jacke vom Haken, schloss die Terrassentüre, nahm ihre Dienstwaffe ihre Handtasche und eilte zu ihrem Twingo. Sie liebte diesen Wagen und fuhr lieber damit als mit dem klobigen Dienstwagen. Als sie einstieg, hatte sie schon das Handy am Ohr und rief Robert an.

»Hallo Schatz«, sagte dieser erfreut, »schön, dass Du Dir Sorgen machst, aber der ADAC war noch nicht da. Wir warten noch«.

»Auch wenn er zwischenzeitlich kommt, Du wartest bitte an der Stelle weiter, nämlich auf mich! Wir haben einen Einsatz. Fred hat mich gerade angerufen. Wir müssen nach Sankt Augustin. Es ist glücklicherweise nicht weit weg von der Stelle, an der Du gerade bist. Also, - bitte warte auf mich«.

Thekla legte auf, startete den Wagen und fuhr über die Bundesstraße 56 in Richtung Autobahn.

Lisa Drollig, die neue Kommissar Anwärterin in Thekla's Team, erreichte Bollenkamps Anruf, als sie gerade im "Café Loyal", einem veganen Café, schräg gegenüber des Siegburger Bahnhofs, ihren zweiten Cappuccino, mit Hafermilch zubereitet, trank. Dazu hatte sie eine der köstlichen Nussecken, die der Inhaber und Betreiber dieses gemütlichen Cafés selber herstellte und für die diese vegane Oase bekannt war, verzehrt.

»Oh Gott, wie soll ich denn jetzt so schnell zum Einsatzort kommen? « fragte sie ausgerechnet den Leiter der Mordkommission.

Dieser verdrehte am Telefon die Augen und meinte mit erhobener Stimme: »Nimm ein Taxi, wird Dir nach Vorlage einer Quittung ersetzt«.

Glücklicherweise war am Siegburger Bahnhof ein Taxistand. Drei Minuten später war auch Lisa auf dem Weg nach Sankt Augustin.

*

Als der lindgrüne Twingo mit Thekla und Robert auf den mit Kies versehenen Schlossvorplatz fuhr, sahen sie, dass dieser sehr weiträumig mit rot-weißem Flatterband abgesperrt war, damit die Hochzeitsgäste das Gelände erst nach Aufnahme der Personalien das Gelände verlassen konnten. Peter Ludwig und Sybille Salz, ebenfalls Teammitglieder von Thekla's Gruppe, warteten am Eingang auf ihre Chefin. Als sie das Auto verlassen hatten und in Richtung der Kollegen gingen, hielt hinter Thekla ein Taxi und Lisa kam mit einem lauten »Wartet auf mich«, hinterhergelaufen.

»Was ist denn hier los? « fragte Robert, »was wollen denn all diese Menschen hier? «

»Robert, - dafür muss man zu den Oberen der Gesellschaft gehören, dann hat man auf einmal so viele Freunde. Also ehrlich, - mir wäre das zu viel«.

»Die Kollegen der Schutzpolizei haben bereits ganze Arbeit geleistet. Die Aufnahme der Personalien ist in vollem Gange«, begrüßte Sybille ihre Chefin und den Kollegen.

»Die Kollegen der Spurensicherung sind noch im Saal bei dem Toten. Der Krankenwagen durfte ihn nicht abtransportieren. Wie Du weißt, dürfen sie ja keine Toten mitnehmen. Der Leichenwagen kommt gleich«.

Thekla kam gerade bei dem Leiter der Spusi an, als dieser zu seinen Leuten sagte:»Jungs, - einräumen, hier ist nichts mehr zu tun«.

Thekla schaute ganz erstaunt und sagte»Moment mal, Ihr seid doch auch eben erst gekommen«.

»Dann schau Dich doch mal um. Über einhundert Leute hier im Raum. Die Tische hier um den Toten herum, voll mit halbleeren Gläsern, Flecken, Zigarettenkippen und jede Menge Fingerabdrücken. Wir nehmen die zwei Gläser und das Schüsselchen mit Dessert, die in unmittelbarer Nähe des Toten stehen, mit. Den Inhalt kontrollieren wir. Ansonsten können wir nichts Verwertbares sichern. Ach so, - meines Erachtens ist der mit Zyankali, oder ähnlichem, vergiftet worden. Es riecht so süßlich aus dem Rachen heraus, so nach Bittermandel. Wenn es also zum Dessert nichts mit Marzipan gab, oder in der Hochzeitstorte, dann ist meine Vermutung sicherlich nahe dran. Der Tote muss in die Gerichtsmedizin, danach gibt es mehr Informationen.

Thekla drehte sich zu ihrem Team um.

»Da kommt eine ganze Menge Arbeit auf uns zu«. Bei diesen Worten schaute sie in den Kreis der wartenden Hochzeitsgäste.

Da die Braut nicht vernehmungsfähig war, suchte Thekla den Wedding Planer. Dieser stand mit seiner Assistentin etwas abseits und wartete, bis seine Personalien aufgenommen wurden.

»Guten Tag, Thekla Sommer, ich hörte, Sie haben diese Veranstaltung geplant? Haben Sie zufällig auch eine Gästeliste? «.

»Natürlich, nur leider nicht hier, die liegt im Büro. Das war ein schwieriges Unterfangen, bis diese endgültig fertig war. Bis drei Tage vor Termin wurden immer noch Leute nachgemeldet oder andere gestrichen. Die Braut war da sehr pingelig. Erst gefiel ihr die Sitzordnung nicht, dann wiederum hatten sich andere geringschätzig über das Ausmaß der Feier geäußert. Sie mussten wieder gestrichen werden, aber so ist das, - wer bezahlt, darf bestimmen. Am Ende waren es einhundertzwanzig Gäste plus das Brautpaar, plus wir beide«.

»Können Sie uns die Liste heute noch zufaxen? «

»Selbstverständlich können wir das. Nur müssen wir erst einmal hier an der Reihe sein«.

Thekla begleitete ihn und seine Assistentin zum Anfang der Reihe Wartender.

»Hallo Kollege, nimm bitte die Beiden als nächstes dran, die müssen uns ermittlungsrelevante Listen zukommen lassen. Es eilt«.

Der Beamte nickte und stellte die Beiden an den Anfang der Reihe.

*

Am nächsten Morgen warteten die Kollegen aus Thekla's Team bereits im Siegburger Polizeipräsidium an der Frankfurter Straße. Thekla und Robert kamen sieben Minuten später als vereinbart, da Robert beim Bäcker unbedingt noch seine geliebten überbackenen Käsebrötchen wollte, die aber beim Betreten der Bäckerei, auf der Zeithstraße noch im Ofen waren.

»Entschuldigung, - die Ampelschaltungen«, log Thekla, da sie Robert nicht reinreißen wollte.

Als nächstes schlug Thekla vor, dass Peter Ludwig und Sybille Salz die Listen abgleichen sollten, die der

Hochzeitsplaner geschickt hatte und die von der
Polizeistation Sankt Augustin, an gelisteten Personen der
Hochzeitsfeier, angefertigt wurde. Lisa Drollig sollte am
Ort der Feierlichkeiten nachhören, wer gestern in der
Küche und als Servicepersonal dort war und ob
irgendjemand etwas Verdächtiges gesehen habe. Alles,
jede noch so kleine Kleinigkeit, solle Lisa aufnehmen und
bei der abendlichen Fallbesprechung vortragen. Sie selbst
wolle nun zu der Witwe fahren und sich Klarheit über die
wirklichen wirtschaftlichen und persönlichen Verhältnisse
verschaffen. Vielleicht würden sich bei den nun
anlaufenden Ermittlungen viele Anhaltspunkte für
mögliche Motive ergeben, aber diese dann zu selektieren
und zu gewichten, - dass war ja schließlich die
kriminalistische Arbeit der Mordkommission. Bestimmt
würde sich auch in diesem Fall ihr "Bauchgefühl" melden
und vielleicht in die richtige Richtung leiten.

*

»Guten Morgen«, sagte Lisa Drollig, als sie gegen elf
Uhr die Lobby des Hotels betrat, in dem gestern der Mord
geschehen war. »Lisa Drollig, Mordkommission
Siegburg, wo geht's denn hier in den Küchenbereich? «

Lisa hielt der Rezeptionistin ihren Dienstausweis entgegen.

»Zur Küche geht´s hier den Flur entlang, geradeaus durch die große Türe«, entgegnete die junge Frau hinter dem Tresen.

»Danke, - ach, - waren sie gestern auch hier im Dienst«

»Nein, ich hatte meinen freien Tag. War ja wohl 'ne mächtige Aufregung hier, wie mir erzählt wurde«

Lisa ging bereits den Flur entlang, als sie sich im Gehen noch umdrehte und zu der jungen Frau zustimmend nickte. Als sie die besagte Türe öffnete, sah Lisa in einen großen, weiß gefliesten und bis fast zur Decke gekachelten Raum. Es waren riesige Gaskochbereiche, deckenhohe Kühl- und Gefrierschränke sowie Arbeitsplatten mit dutzenden von Messern und sonstigen Küchenutensilien vorhanden.

»Na ja«, dachte sie, »ist schon alles größer als in einer normalen Haushaltsküche. Bei den riesigen Töpfen und Pfannen, müssen ja auch die Löffel und Kellen entsprechend größer sein«.

»Hallo, Sie da, hier ist nur Zutritt für Küchenpersonal. Verlassen Sie bitte den Raum und schließen die Türe hinter sich«, rief ein Mann, mittleren Alters, der umringt von drei weiteren Männern, um den Bereich stand, an dem gerade drei Lammkeulen ausgelöst wurden, um sie anschließend für ein Abendbankett, in einem Konvektomaten zu garen.

»Kriminalpolizei, sind Sie der Küchenchef? «, rief Lisa.

»Ja, - Moment bitte, ich komme sofort. Warten Sie aber bitte vor der Türe, - hier ist Hygienebereich«.

Lisa schloss die Türe von außen, brauchte aber nur drei Minuten zu warten und der Maître de Cuisine kam zu ihr.

Bisher erschienen in dieser Reihe:

Mord in Siegburg

>Die Wasserleiche<

Der erste Fall der Kommissarin Thekla Sommer

Mord in Bornheim

> Der Spargelkönig<

Der zweite Fall der Kommissarin Thekla Sommer

Mord in Rheinbach

> Das Burgfräulein<

Der dritte Fall der Kommissarin Thekla Sommer

Mord in Sankt Augustin

>Fehlerhafte Liebe<

Der vierte Fall der Kommissarin Thekla Sommer

Mord im Bonner "Regierungsviertel"

> Kollege Weihnachtsmann <

Der fünfte Fall der Kommissarin Thekla Sommer

Demnächst erscheint in dieser Reihe:

Mord in Wesseling

> Thekla im Visier<

Der sechste Fall der Kommissarin Thekla Sommer

Über den Autor:

Geboren 1958, in der Zeit des Wirtschaftswunders, verbrachte er seine Kindheit, mit zwei Schwestern und zwei Halbbrüdern, in Siegburg und dem ländlichen Windeck. Geprägt von dem idyllischen Umfeld, fühlte er sich in der Stadt nie so recht wohl und er suchte sein soziales Umfeld meist in ländlichen Regionen, wie Rheinbach, Meckenheim, Bornheim oder Herchen/Sieg.

Bereits im jungen Erwachsenenalter fing er an, seine Gedanken schweifen zu lassen und niederzuschreiben. Am Anfang war es mal ein Kinderbuch oder philosophische Zeilen. Als zertifizierter Psychologischer Berater folgte ein psychologisch/spirituelles Werk. Seit einiger Zeit entspringen Krimis (aus dem Rhein-Sieg-Kreis) seinen Gedanken und dem Werk seiner Phantasie. Hier legt er aber besonderen Wert auf umfangreiche, historische Recherche hinsichtlich der Schauplätze seiner Handlungen.